徳間文庫

明治好色一代男 世紀末の薫風

睦月影郎

徳間書店

目次

第一章　絵の才能で美女と同居

一

「ほう、絵描きか。俺の顔を描いてくれるか」

航平《こうへい》の前に、二人の三十前後の男が立って言った。二人とも着流しで腕を弥蔵《やぞう》に組み、いかにもガラの悪そうな連中である。

一人は頬に傷のあるザンギリの瘦せた男、もう一人はズングリの角刈りだ。

「畏《かしこ》まりました。お二人ですか」

「いや、俺だけでいい」

傷のある男が、座っている航平の正面に立ち、航平も画帖を開いて鉛筆を走らせた。

金がないので絵の具も買えず、鉛筆一色で描く。一枚一銭。

二銭あれば蕎麦一杯食え、彼なら人の顔は五分ほどで描ける。

ここは銀座二丁目、人通りの多い繁華街で、航平はガス灯に寄りかかるようにして似顔描きをしていた。

明治三十三年(一九〇〇)初夏。

須田航平は十八歳になったばかり、襦袢《じゅばん》に絣《かすり》の着物に袴《はかま》姿で、下駄履き、傍らの荷物は信玄袋一つきりだ。

家は鎌倉の腰越《こしごえ》で、父は漁師をしていた。それで航平などと洒落た名を付けてもらったが、どうにも彼は体を動かすことが苦手で、家の中で本を読んだり、絵ばかり描くのが好きだった。

尋常小学校を出てからは近所にある私塾に通い、そこで博文館の『少年世界』や藤村『若菜集』、晩翠『天地有情』、『福翁自伝』など、ひたすら本を読ませてもらった。

父も色白で虚弱な航平を漁へ連れて出るようなことはせず、好きにさせてくれていたが一年前に海で死んだ。母は幼い頃に病死しており、兄妹もいない航平は一人きりになった。

それでも小さいながら持ち家だったので一人で暮らしていたが、そこへ父の兄である伯父伯母夫婦が子供を連れて住み込むようになったのである。伯父は生来の怠け者で、何か事業をしては失敗して妻子に苦労をかけて流れ歩いていたが、弟の死で、長男の権利とばかりに家を乗っ取りに来たのだ。

航平は伯父伯母とは折り合いが悪く、甥っ子は懐かず、それで思い切って、金を持ち出して先月に家出。

正式に絵を習いたくて上京したが、持ち出した金もすぐに尽き、それで月謝を稼ぐため、こうして得意な絵で日銭《ひぜに》を稼いでいたのだった。

木賃《きちん》宿に泊まっていたが、次第に季節も暖かくなってきたので野宿することも多く、ひ弱と思っていたが案外逞しいじゃないかと自分でも驚くほどだった。

そして少々大変でも、家へ帰る気は起きなかったのだった。

「へえ、うめえもんじゃねえか。兄貴そっくりだ」

後ろに回った角刈りのズングリが鉛筆を走らせる航平の絵を覗き込んで言い、正面のザンギリに傷のある男はしかめっ面でじっとしている。

航平は、最初に一目見ただけで相手の顔は記憶するので、あとはずっと画帖に目を落とし、素早く鉛筆を走らせていた。

そう、彼は人でも町でも、一瞬で映像を記憶する能力に長《た》けていたのである。

やがて五分足らずで似顔が仕上がったので、航平は画帖を差し出して見せた。

気に入れば画帖から破いて渡し、金をもらうのだが、

「似てねえな。気に入らねえ」

男は首を横に振った。

「上手く描けてますぜ、兄貴」

「いや、傷まで描きやがったからな。行くぜ」

男は言い、そのまま歩き出すと、ズングリも急いで後を追って立ち去ってしまった。

航平は溜息をついた。たまには客が自分の顔を気に入らず、金が受け取れないこともある。

(仕方ない。今日は帰るか……)

そろそろガス灯に灯《つ》りが点く頃で、日も暮れ始めていた。

航平は鉛筆を袂《たもと》に入れて腰を上げ、小さな座布団の載った木箱と画帖を信玄袋にしまおうとした。

しかし、信玄袋の口が開いているではないか。怪訝《けげん》に思って中を調べると、手拭いや僅かな着替えしかなく、全財産の巾着《きんちゃく》が見当たらないのだ。

「や、やられた……?」

後ろで見ていたズングリが、絵を褒《ほ》めながらも信玄袋を探り、巾着を盗《と》ってしまったらしい。

「ああ……」

航平は情けない声を出して座り込んだ。

毎日野宿で辛抱し、すでに一円近く貯まっていたはずだ。だから今夜は何か旨いものでも食い、また木賃宿でゆっくり休もうと思っていたのである。

彼は地べたに座り込み、肩を落として項垂《うなだ》れた。

「どうしたの。そろそろ店仕舞いでしょう」

と、そのとき航平は声をかけられた。

力なく顔を上げると、一人の洋服姿の女性が颯爽《さっそう》と立っていた。

そう、確か前に似顔を描いて、たいそう感心されたことがあった。

二十代前半か、おかっぱの黒髪に銀縁の丸メガネをかけ、肩からバッグを提《さ》げて首には花柄のスカーフを巻いている。

いかにも職業婦人といった感じで、航平の前を大股に通るときは必ず笑みを向けてくれ、彼も何度か会釈《えしゃく》したことがある美人だ。

「え、ええ……、地回りみたいな二人に、金を全部取られちゃいました。こいつが犯人の一人です」

航平は傷のある男の似顔を見せた。

「ふうん、どっかで見たような気はするけど、とにかく夕食に行きましょう。前から色々お話ししたいと思っていたの」

彼女は言い、バッグから一枚の名刺を出して渡してきた。

見ると、『明治新報　記者　高宮尚美』とあり、銀座一丁目にある新聞社の住所が書かれていた。

航平も、他に頼る人もなく、木箱と座布団、画帖をしまうと信玄袋を肩に担いで立ち上がった。

やがて彼女、尚美《なおみ》は彼を近くのレストランに招いた。

「ビール飲む？」

「い、いえ……」

「少し付き合って。私は飲むから。食事はカツレツでいいかな」

入ったこともない豪華な店に戸惑っていると、尚美は勝手に注文をし、やがて運ばれてきたヱビスビールを注いで乾杯した。

「ひと月ほど前かしら、あそこで似顔描きをするようになったのは」

「ええ、そうです。あ、僕は須田航平と言います」

「どんな字？」

言われて、彼は鉛筆を出しテーブルにあったナプキンに署名した。

「そう、それまでは？」

尚美は旨そうに喉を鳴らしてビールを飲み、あとは自分で注ぎながら料理を摘んだ。

航平も、生まれ育った腰越の話、漁師の亡父のことや小卒で塾に行っていたこと、家に居づらくて上京してきたことなどを話したが、運ばれてきたカツレツをぎこちなくナイフとフォークで切っては、恐る恐る口に入れた。

（う、旨《うめ》え……！）

航平は思い、切るのももどかしく口に運んだ。国許《くにもと》では魚と野菜ばかりで、肉など滅多に口にしなかったものだ。ビールはあまり旨いと思わないが、カツレツは最高である。

今朝は一銭のあんパン一個、昼はジャムパン一個でかなり空腹だったのだ。

しかし有り金を盗まれて意気消沈していたが、カツレツの旨さに少しずつ元気が出てきた。

そして腹が落ち着いてくると、ようやく美女と差し向かいという緊張が湧いてきた。

尚美は新時代の女性らしく、飲み食いしながらもハキハキと喋った。

「画帖を見せて」

言われて、彼もナイフとフォークを置き、足元に置いた信玄袋から画帖を出して見せた。

大部分は、破って客に渡したので、残っているのは傷男と数枚の銀座の風景画などだ。

「すごいわ。顔は五分足らずで描くようだけど、この町並みは？」

「腕試しで描いたのだけど、どれも二十分ぐらいかかな」

「窓の数も、きっと正確なのよね？」

「ええ、たぶん」

「お金を貯めて絵を習うより、すぐ稼げるんじゃない？」

「無理ですよ、そんなの」

「ううん、私と一緒に取材して、その都度描いてくれれば給金が出るわ。明日にでも主筆に会わせるから一緒に行きましょう」

尚美は、興奮したのか酔いが回ったのか頬を染めて言った。

そういえば、瓶が空になるたびビールをお代わりしていた。

外はすっかり暗くなってガス灯が灯り、それでも銀座通りには和洋それぞれの服を着た人々が多く行き交っている。

「そうか、家出か。私と一緒ね」

「え……？」

「まあ家出とは違うかな。姉が婿を取ったので家は安心だから、私は勝手気ままにやってるの。講道館に通って柔道をしたり、記者になって飛び回ってるわ」

「じゅ、柔道……」

航平は息を呑み、やがて食事を終えると尚美が全て支払ってくれた。

二

「この薬屋が、私の住んでる家の大家」

尚美が、すでに店仕舞いした店を指し、路地に入ったので航平はフラつく彼女を支えながら一緒に歩いた。

薬屋は、『楽善堂』と看板が掲げられ、閉まった戸には『精錡水』という目薬の貼り紙がしてあった。どうやら目薬を売っているらしい。

肩を貸しながら路地を進むと、服を通して温もりと弾力が伝わり、生ぬるく甘ったるい匂いが感じられ、何やら彼は股間がムズムズしてきてしまった。

もちろん伯母以外の女性と話すことなど今までなかったし、こんなに接触したのも生まれて初めてである。

やがて路地を抜けると、一軒のこぢんまりした仕舞《しも》た屋があった。

「ここよ。ここ真っ直ぐ行くと銭湯があるから行ってきて。鍵はかけないから、ここへ帰ってくるのよ」

　尚美は言い、財布から三銭出して渡してくれた。

「こ、ここに泊めてくれるんですか……」

「だって、他に行くところないでしょう」

　驚いて訊くと、尚美が少々怪しい呂律《ろれつ》で答えた。

「大丈夫なんですか……」

「大家に気づかれたら、弟ということにするわ。だから私を姉さんと呼ぶのよ。さあ風呂へ行け、航平」

　肩をドーンと叩いて言うと、尚美は小さな門から入り、鍵を出して玄関を開けるとよろけながら中に消えていった。

　航平は、灯りが点くのを見届けると、言われた通り道を進んで銭湯に入った。

　番台で三銭払うと五厘の釣りをもらい、彼は袴と着物を脱いで久々に髪から全身を洗い流した。身体中くまなく擦り、湯を浴びて湯に浸かり、東京に来て初めてゆったりと手足を伸ばした。

　そう、この一ヶ月ばかり、公園の隅の水道を使い、人の来ない早朝などに全身を擦って水を浴びるだけだったのだ。

やがて綺麗さっぱりしてから身体を拭き、信玄袋から洗濯済みの下帯を出して着けたが、汚れた襦袢はそのまま着るしかない。

身繕《みづくろ》いして信玄袋を抱え、下駄を突っかけて銭湯を出た。

家へ戻ると、やはり玄関には鍵がかかっておらず、彼は中に入って戸を閉め、内側からスクリュー錠をかけて上がり込んだ。

「尚美姉さん……」

声をかけたが返事はなく、上がり口の脇に厠《かわや》らしき引き戸、真ん中に廊下、奥は台所のようだ。左右に部屋があり、どちらも襖《ふすま》が開けっ放しなので、覗くと尚美が布団に大の字になって眠っていた。

机もあり、周囲には新聞や雑誌が散乱し、室内には生ぬるく甘ったるい匂いが立ち籠《こ》めていた。そして何と、壁には以前航平が描いた尚美の顔の絵が画鋲で留められているではないか。

酔いで眠り込んでいる尚美は、さすがに服やスカートは脱いで寝巻姿になっているが、はだけた胸元から膨らみの谷間が覗いていた。

メガネを外した顔を初めて見たが、眉が濃く睫毛《まつげ》が長く、鼻筋が通り、僅かに開いた唇は芸術品のように形良かった。

（うわ、なんて美しい……）

航平は窓から射す月光に照らされた尚美の寝顔に見とれ、思わず忍び足で室内に踏み込んだ。そして屈み込み、生まれて初めて触れるほど近くで女性の顔を見つめた。

もちろん目を覚ませば、帰宅した挨拶で取り繕うつもりだったが、深く眠っているようで尚美の寝息に乱れはない。

僅かに開いた口からは、ぬらりと光沢ある綺麗な歯並びが覗き、そこから洩れる息を嗅ぐと、花粉のような甘い匂いと、ほのかなアルコール臭も混じって悩ましく鼻腔が刺激された。

（接吻したい……）

彼は切実にそう思ったが、やはり出来なかった。

女性と唇を重ねると、今までの自分でなくなるような恐れが感じられた。それに彼女は、見ず知らずの自分を信用して家に入れてくれたのだから、その厚意を裏切るわけにはいかない。

それでも裾から伸びる剝き出しの素足が夜目にも白く、彼はそちらにも顔を寄せていった。

顔から最も遠い足裏への接吻ぐらい良いだろうと、彼はそっと唇を押し当て、形良く揃った爪先に鼻を触れさせた。今日も一日中取材で歩き回ったのか、そこは生ぬるい汗と脂に湿り、蒸《む》れた匂いが鼻腔をくすぐってきた。

興奮に、痛いほど股間が突っ張ってしまったが、やはりしゃぶるわけにいかず航平は身を起こした。

そして彼はもう一度尚美に顔を迫らせ、寝息の匂いだけ嗅いで記憶に刻み、釣り銭の五厘を枕元に置くと、そっと部屋を出て向かいの部屋に入った。

そちらも同じく六畳間で家具などはなく、隅に脚の畳まれた卓袱台《ちゃぶだい》が立てかけられているだけなので普段は茶の間らしい。そして尚美が押し入れから出したらしい布団が乱雑に積まれているので、航平は信玄袋を置き、袴と着物を脱いで布団を敷いた。

横になると、疲れが癒《い》えていくような心地よさを覚えた。

木賃宿の布団は、こんなに柔らかではない。

航平は、記憶に刻みつけた尚美の寝顔を思い出しながら、手すさびしてしまおうかと思った。

どうにも彼は淫気だけは強く、日に二回三回と抜かないと落ち着かないほどなのである。

しかし、やはり疲れていたのだろう。目を閉じると、彼はあっという間に深い睡《ねむ》りに落ちていったのだった……。

――翌朝、航平は物音で目を覚ました。

すでに日が昇り、寝巻姿の尚美が台所の流しで歯を磨いていた。やはりかなりのビールを飲んでも、職業婦人らしくしっかり起きるようだ。

航平は身を起こし、手早く着物を着て帯を締めた。

「起きた？　朝食に出るので顔洗いなさい」

「おはようございます。はい」

口を漱《すす》いで顔を洗った尚美が振り返って言い、彼も答えた。

まだメガネをかけていない素顔が美しく、二日酔いの様子も見えない。

「これ使うといいわ。今日新しいの二本買うから」

尚美が歯ブラシを差し出して言う。

「いえ、尚美姉さんの分だけ買って下さい。僕はずっとこれ使います。まだ使えて勿《もっ》体《たい》ないので」

歯ブラシを受け取って言うと、尚美は着替えに部屋に戻っていった。

襖《ふすま》が閉まったのを確認すると、航平は水に濡れた歯ブラシをそっと嗅いだ。

微かにハッカ臭が感じられ、朝立ちの勢いもあり股間が熱くなってしまった。

流しの棚に歯磨き粉があったので、少しだけブラシに付けた。獅子印ライオン歯磨きである。

航平は胸を高鳴らせながら、尚美が口に入れた歯ブラシで歯磨きをして口を漱ぎ、顔を洗って自分の手拭いで拭いた。

そして厠《かわや》を借りて大小の用を足したが、ご不浄の匂いは尚美だけのものと思うと勃起が治まらず、小用しづらくて閉口した。

やがて部屋に戻って袴を穿き、信玄袋を抱えると、洋服に着替えた尚美も出てきた。

「じゃ行きましょうか」

「メガネは？」

「あ、忘れたわ」

言うと彼女は部屋に引き返し、銀縁の丸メガネをかけて出てきた。

「実はこれ伊達メガネなの。取材の時、いかにも職業婦人らしく頭が良さそうに見えるでしょう？」

「そうなんですか」

航平は感心して答え、やがて下駄を履いて外に出た。尚美も玄関を施錠して歩き、路地を抜けた。

「よく眠れた？」

「ええ、ぐっすり。風呂も布団も有難いです」

「そう、良かったわ」

尚美は答え、薬局『楽善堂』の勝手口から中に入った。

勝手口には、『岸田』と表札がかかっていた。

すると厨《くりや》では飯が炊かれ、奉公人らしい少女が働いていた。

「おはようございます。尚美さん」

航平と同じか一つ下ぐらいの美少女が、和服姿で桃割れに結い、笑窪《えくぼ》を浮かべて言ったが、航平の顔を見て小首を傾げた。

航平は、愛くるしい美少女に一瞬見とれてしまった。

三

「ああ、これは私の弟で航平。しばらく私と住むわ。この子はここで働いている桃ちゃんよ」

「まあ、弟さんですか。初めまして、桃子です」

少女がぺこりと頭を下げ、

「航平です。よろしく」

彼が姓を名乗らないように言うと、すぐ桃子が二人分の飯をよそってくれた。

尚美は料理などしないようで、ここで出社前に朝食を食べる習慣らしい。

並んで椅子に掛けると、尚美と航平の前に飯と味噌汁、漬け物の皿が置かれ、そして卵が出された。

尚美は小皿に卵を割って溶いてから飯に掛け、少し醤油を垂らして掻き混ぜて食べはじめた。

「この卵かけご飯、この店の主人である吟香《ぎんこう》おじさまが考えたのよ」

「そ、そうなんですか」

言われて、航平も箸で炊きたての飯に穴を開け、そこに卵を割って落とし、醤油を垂らした。

「小皿で溶かないの？」

「洗う手間が省けるでしょうから」

彼は答え、箸で卵を掻き混ぜた。

「なるほど」

「お椀で溶いてから味噌汁を注げば、さらに卵が溶けて良いかも知れませんね」

「ふうん、いろいろ考えるのね」

尚美は言ったが、航平は少しでも伯母に手間を掛けさせないよう小さくなっていた頃を思い出しながら食事をはじめた。

と、そこへ恰幅《かっぷく》の良いシャツ姿で髭を蓄えた男が、二人の子供を連れて入って来た。

「おはようございます、吟香おじさま」

「おはよう。おや、そちらの青年は？」

髪にも髭にも白いものが交じりはじめた、吟香と呼ばれた六十半ばほどの男が航平を見て言う。

航平も箸を置いて立ち上がり、

「尚美姉さんの弟で、航平と申します」

頭を下げて言った。

「ほう、尚ちゃんに弟が居たとは初耳。まあいい、岸田《きしだ》吟香です」

彼は深く詮索せず、笑みを浮かべて向かいの席に着いた。その両側に、幼い子供たちが座った。

「これは九歳になる劉生《りゅうせい》、こっちは八歳の辰彌《たつや》だ。さあ、お兄さんに挨拶を」

吟香に言われ、両側の子供たちがぺこりと頭を下げた。

「そうそう、このお兄さんは絵が上手なのよ。劉生君、見たいでしょう」

尚美が早々と食事を終えて言うと、絵が好きらしい劉生が顔を輝かせ、こちら側に来た。

航平は尚美に促され、すぐ信玄袋から画帖を出して劉生に渡した。

劉生がテーブルで画帖を広げると、

「すごい……！」

銀座の町並みのスケッチを見た彼が感嘆の声を洩らし、隣からは辰彌も覗き込んでいた。

この岸田劉生はのち洋画家となり、辰彌は宝塚歌劇団の創設期の演出家としてそれぞれに名を成すことになる。

「おや、こいつは仙蔵《せんぞう》じゃないか」

吟香が、頬に傷のある男の肖像を見て言った。

「そうそう、私も思い出したわ。よく夜にあちこちで喧嘩しているのを見るの。こいつが航平の有り金を奪ったのよ」

尚美も言い、桃子の入れてくれた茶を飲んだ。

「そうか、いま東京中が大規模な開発に乗り出し、多くの人を集めているんだ。中には破落戸《ごろつき》も交じっているからな。特に仙蔵はタチが悪い」

吟香も言い、ようやく食事を終えた航平は茶をすすった。

「開発ですか」

「ああ、馬車鉄道も近々電化を進め、いま万博をやっているパリを真似て、地下鉄道の計画もある」

「地下鉄道ですか」

「馬が居なくなれば、馬糞の掃除もしなくて済む。あ、食事中に失礼」

吟香が笑って言い、自分も子供たちとともに卵かけご飯の準備をしたが、劉生はいつまでも飽きずに絵を見つめていた。

どうやら、この吟香という人物は単なる薬屋の亭主ではなく、世情にも詳しいようだ。

あとで聞くと、英字新聞の記事を翻訳した『海外新聞』という新聞を発行し、事業家としても和英辞典の制作、廻船会社や運送業にも乗り出し、『横浜新報』を発刊、盲唖学校の創設、しかも東京日日新聞にも勤め、日本初の従軍記者として台湾出兵にも赴いているという大変な人物だった。

何度となく大陸とも往復し、漢口にも楽善堂があるらしい。

彼は幼い頃に目を患ったため、硫酸亜鉛の目薬を開発し、これも日本初の新聞広告を出して店は大繁盛のようだ。

本名は銀次《ぎんじ》、幼い頃から銀公と呼ばれていたため吟香と号したらしい。

「そうか、パリ万博か……」

「うちの社でも二人取材に行ってるわ」

航平が呟くと、尚美が言った。

すると、卵かけご飯を掻っ込んでいた吟香が言った。

「福沢諭吉が年末に慶応で、世紀末と新世紀の送迎会を催すと言っていたなあ」

「世紀末……」

航平が呟くと、吟香が頷いた。

「そう、今年が十九世紀の最後の年、来年から二十世紀の新世紀だ」

「うちの社でも、大々的に記事を載せたいわ。さあ、そろそろ行きましょうか。劉生君もご飯にしなさい」

尚美が言い、腰を上げたので航平も茶を飲み干して立った。

そして名残《なごり》惜しげに絵を見ていた彼も自分の席に戻ったので、画帖を閉じて信玄袋にしまった。

「じゃおじさま、また」

「どうもご馳走様でした」

二人が吟香や桃子に頭を下げると、

「ああ、如月《きさらぎ》さんによろしくな」

吟香も頷いて答え、航平は尚美と岸田家の勝手口を出た。

間もなく開店する楽善堂の前を通ると、遠くを横切る馬車鉄道が見えた。

あとは人力車と馬車、人々が行き交うばかりだ。

ここから間もなく馬の姿が消え、やがて交通は電気鉄道が主流となっていくのだろう。

そして一丁目の方へ並んで向かっていると、一人の髭の警官がサーベルの音を立てて駆け寄ってきた。

「おいこら、天下の往来を朝から男女で歩くな」

文明開化からだいぶ経っているというのに、まだまだ旧弊にこだわっているらしい中年の警官が乱暴に言った。

「私たちは姉弟ですけど」

「顔が似とらん。証拠を出せ」

「じゃ父に訊いて下さい。麴町の高宮貴一郎《たかみやきいちろう》ですけど」

「どこのキイチローだ」

「陸軍少将をやってますが」

尚美が言うと、警官と航平は同時に目を丸くした。

「な……、そ、それは失敬致しました。どうぞ気をつけてお行き下さい」

その名に思い当たったらしく、警官はしどろもどろになって挙手の礼をすると足早に立ち去ってしまった。

「ね、姉さんは、軍人さんの家柄なんですか……」

颯爽と歩き出した尚美を追いながら航平が言うと、

「堅苦しいから飛び出したのよ。さあ、あそこが明治新報」

彼女が向こうの道を指して答えた。

見ると、煉瓦《れんが》造りの二階建てのビルがあり、看板に明治新報と書かれていた。

通りを渡り、社屋に入ると、一階は多くの新聞が山と積まれ、従業員たちが働いている。

「おはよう」

尚美が声を掛けると連中も応じ、怪訝そうに航平を見たが、すぐ自分の作業に戻った。

彼女が先に階段を上がり、航平も彼女のスカートの裾の巻き起こす生ぬるい風を嗅ぎながら付いていった。階段を踏みしめるたび、形良い尻の丸みと白い脹《ふく》ら脛《はぎ》がキュッと躍動して艶めかしかった。

二階に上がると、やはり下と変わらぬ雑然とした編集部の一室で、他の部屋は倉庫や会議室になっているようだ。

奥の机にいるのが主筆だろう。優秀な記者二人がパリへ行っているので、他は給仕の少年だけだった。

四

「おはようございます」

「ああ、おはよう。その人は?」

尚美が挨拶すると、五十年配の巨漢が太鼓腹を揺すり、航平を見て言った。

背広姿で、丸坊主に黒縁の丸メガネが何とも恰幅良かった。

「私の弟で航平と言います」

「ほう、弟さんがいたのか」

「ええ、絵の勉強をして帰ってきたので、私の手伝いをさせようと思って」

尚美が言って促すので、航平も画帖を出した。

「航平と言います」

「よろしく、如月文二郎《ぶんじろう》です」

彼が言うと文二郎も答え、画帖を開いた。

「ふうむ、すごいな。だがじっくり時間をかければこれぐらい」

「航平は速描きなんです。しかも一目見れば頭の中に記憶してしまいます。まるで写真のように」

「なに……」

尚美に言われ、文二郎はあらためて絵をめくっていった。

「ほほう、これは仙蔵じゃないか。ここに絵があるってことは、金を払わなかったんだな」

文二郎が言う。どうやら札付きの男のようだ。

「払わないどころか、航平の巾着を盗んだんですよ」

「なに、そうか。いずれ痛い目に遭わさんといかんだろうな」

新聞社のみならず、あちこちで迷惑を被《こうむ》っているのだろう。

やがて文二郎は画帖を閉じて返してきた。

「いいだろう、尚ちゃんについて取材の風景や人を描いてもらう」

文二郎が言って反《そ》っくり返ると、椅子が軋《きし》んだ悲鳴を上げた。

「カメラがあると楽なんだが、輸入物はとても高くて手が出ん」

文二郎が言うと、給仕の少年が三人に茶を運んできた。

それまでの写真機は大箱の乾板式で、手軽に持ち運べるようなものはない。

しかし最近、ようやくアメリカのイーストマン・コダック社が、セルロイドによるロールフィルムのカメラを開発して軽量化に成功したが、まだまだ輸入品は数も少なく高価だった。

小西本店（現コニカミノルタ）が、チェリー手提《てさ》げ暗函《あんばこ》を開発するのは、これより三年後であり、しかもこれも乾板であった。

「まあ、今はあまり取り急ぎ取材するようなことはないな。せいぜいパリ万博や五輪からの電文を記事にする程度だ。大部分の市民は清国の動静や義和団事件なんか興味ないだろうしな」

文二郎が言い、尚美も航平も椅子に掛けて茶をすすった。

その間、航平は画帖を広げて手早く文二郎の顔を描いた。輪郭とメガネで、丸を三つ描けば良いので実に簡単だった。

「何、これが俺か。確かに速いな……」

絵を見せると文二郎が目を丸くして言い、横から覗いた給仕の少年が吹き出しそうになった。

「まあ、今日のところは町でも散策して、何か記事になりそうなものを見聞してもらうとするか」

「分かりました。町のスケッチなんかも描いてもらいましょう」

「ああ、ろくな記事のないときの穴埋めに使う。巾着を掏《す》られたのなら、当座の前渡しだ」

文二郎が言い、航平に五十銭渡してくれた。

「わあ、有難うございます」

彼は辞儀をして受け取り、やがて尚美と一緒に明治新報を出た。

「さあ、どうしようか。取材より先に、君に服や靴を買ってあげたいわ」

「そ、そんな、いいですよ、このままで」

「自分で出すのよ。五十銭もらったんだから」

「は、はあ、確かに、それなら襦袢もやっと洗えます」

「じゃ今日は買い物と洗濯。それでいいわね」

尚美が言い、銀座の真ん中ではなく外れにある安そうな店へと行った。

買い物の合間に、航平はあちこち手早くスケッチをした。

そして本当に安物のシャツとズボンと靴下、靴を買ったが、もちろん五十銭では足りず、何も言わず尚美が出してくれ、彼の金は十銭ばかり残してくれた。

ベルトなどは贅沢なので、しばらくは紐を通して縛れば良いだろう。

尚美は自分の歯ブラシも買い、荷物を抱え、蕎麦屋で少し早めの昼食にした。

彼女は陸軍将官の娘で、金は持っていそうだが質素な食事にも文句一つ言うことはない。やはり家を離れた職業婦人として、一人で生きてゆく気概を持っているのだろう。

蕎麦を食い終えると二人は真っ直ぐ銀座二丁目へ戻り、楽善堂裏の借家に帰った。

まず航平は袴と着物を脱ぎ、ひと月ばかり着たきりだった襦袢を洗濯することにした。

裏には井戸端と盥《たらい》と洗濯板があり、そこに尚美の脱いだ下着や靴下なども放り込まれていた。

「じゃ僕、洗濯しますね」

「そう、普段は桃ちゃんの暇なときに来てやってもらってるんだけど、じゃ航平、お願い」

炊事洗濯などまるでしなさそうな尚美が言い、彼女は部屋で記事にするため書き物をするらしい。

航平は井戸端の簀《す》の子《こ》に上がり、水を汲《く》んだ。

ここは夏場には行水できるように、周囲は葦簀《よしず》で囲われていて外から見えないので、ついでだから彼は昨夜銭湯で脱いだ下帯と、いま穿いている下帯や手拭いまで盥に入れて全裸になってしまった。

ここで水を浴びてしまえば、今夜は銭湯に行かずに済むだろう。

しかし彼は、盥に水を張る前に、無造作に入れられている尚美の下着を手にしてましまった。

靴下を手にし、爪先を嗅ぐと昨夜そっと口づけしたときの蒸れた匂いが鼻腔に甦った。

下着は、シュミーズというのか、肩紐があって胸から太腿まで覆う柔らかな繊維だ。鼻を埋め込んで嗅ぐと、隅々に甘ったるい汗の匂いが沁み付いて胸が掻き回された。

股間を覆う下着も手に取り、裏返してみると割れ目が食い込んだ縦ジワがありほんの少しだけ蜜柑水でも垂らしたようなシミが認められたが、特に抜けた恥毛などもなく清潔なものだった。

それでも鼻を埋めると、汗とゆばりの混じった匂いが蒸れて籠もり、ゾクゾクと胸が震え、彼は激しく勃起してしまった。

しかし、あまり水音が聞こえてこないと怪しまれるかも知れない。

仕方なく彼は全てを盥に入れて水を張り、軒下にあった手洗い用の花王石鹼を取り、しゃがみ込んで衣類を洗濯板に擦り付けた。まだ洗濯用洗剤などは、一般家庭には出回っていない。

とにかく彼は襟元や汚れやすい部分に石鹼をなすりつけ、洗濯板で順々に洗い続けた。

そして全て洗い終えると盥の水を流し、そこへ絞って丸めた衣類を入れ、自分も水を浴びて腋や股間を洗い流して放尿までした。

まだ湿っている下帯を腰に巻き、葦簀から出て絞ったものを裏庭の物干し竿に吊してゆき、身体を拭いてようやく一仕事終えた。

もちろん夕方までには乾かないだろうが、明日も快晴であろう。

家に入ると買ったばかりのシャツを着て、着けた下帯が乾くまで画帖を広げて町のスケッチを確認した。あとは窓際で、亡父が漁で使っていた形見のナイフを取り出して鉛筆を削った。

やがて日が傾くと、尚美も仕事が一段落したようで部屋から出てきた。

「じゃ夕食に出ようか」

彼女が言い、航平もズボンと靴下を履き、靴を履いて一緒に外に出た。

「似合うよ、洋服」

「有難うございます。尚美姉さんのおかげです」

言われて彼は答え、昨夜よりずっと小さな定食屋に入った。

やはり昨日は航平を拾った記念の日だから豪華だったが、普段は質素な夕食で今夜はビールも頼まなかった。

「僕はいつまであの家に居ていいんですか」

「君が自立するまでだよ。もちろんあとから家賃も食費ももらうし、取材に出ないときは掃除洗濯をお願い」

「分かりました」

彼は答え、焼き魚と煮付けで食事を済ませると、そのままどこも寄らず二人は家に帰った。

ズボンと靴下を脱ぐと、尚美が寝巻代わりに浴衣《ゆかた》を出してくれた。

彼女のものだが、航平は小柄だから大丈夫だろう。

シャツと下帯まで脱ぎ去り、彼は全裸の上から浴衣を着て帯を締めた。

尚美も部屋で着替え、寝巻姿になった。案外ずぼららしく、昨日も今日も銭湯に行っていない。

その彼女が航平の部屋に来て、驚くことを言いはじめたのだった。

五

「ゆうべ、私が寝ているとき近づいたわね？」

「うわ……、済みません……」

尚美に言われ、取り繕う余裕もなく航平は認めてしまった。

「お、起きていたんですか？」

「ううん、半分眠っていたけど、ただそんな気がしただけ」

どうやらカマをかけられたようだ。ならば狼狽《うろた》えず誤魔化せば良かったと思ったが、もう遅い。

「それで、触れたの？」

「す、少しだけ……」

「キッスした？」

「し、しません。したかったけど」

「じゃどこに触れたの」

尚美はメガネを外した目でじっと航平を見て言ったが、咎《とが》めるふうはなく、むしろ彼の反応を面白がっている様子である。

「あ、足の裏に……」

「まあ、なぜそんなところに」

尚美は驚いて言い、思わず横座りの脚を縮めた。

「顔から一番遠ければ、少しぐらいいと思って……」

「ふうん、お前は本当に嘘がつけない子なのね。素直さが顔に出ているわ」

尚美が、しみじみと航平の顔を見て言い、彼は無遠慮な熱い視線が眩しくて思わず俯いた。

「でも素直すぎて、絵を描くときは全霊を込めるから破落戸なんかに巾着を掏られるのよ」

「はあ、絵を描いてるときと本を読んでいるときだけは隙だらけだと、父や塾の先生がよく言ってました」

「そう、してもいいよ」

「え……？　なにを……？」

「キッスしたかったと言ったでしょう。どうせなら、私が眠っているときでなく起きている今」

言うと尚美は、敷いた布団に座っている航平ににじり寄ってきた。

そして正面から近々と顔を迫らせてきたので、航平は激しい興奮と緊張で身を硬くし、自分の口臭が気になって横を向くと、尚美はいきなり彼の頬を両手で挟んで唇を重ねてきたのである。

「う……」

ピッタリと唇が密着すると、航平は柔らかな弾力と唾液の湿り気を感じ、あまりに近い美女の顔に思わず薄目になった。

尚美の熱い鼻息が彼の鼻腔を湿らせ、しかも触れ合ったまま彼女の口が開いて舌が侵入してきたのだ。

歯並びを舐められると、彼も怖ず怖ずと歯を開き、そっと舌を触れ合わせた。

すると尚美の舌が潜り込んでチロチロと絡み付け、航平は滑らかな舌触りと生温かな唾液のヌメリに激しく股間を突っ張らせた。

尚美の舌が航平の口の中を舐め回すと、彼は力が抜け、彼女の勢いに押されるまま布団に仰向けになってしまった。

「ンン……」

尚美は遠慮なくのしかかり、なおも熱く鼻を鳴らして執拗に舌をからめていたが、彼の激しい勃起を感じたように、密着した下腹をグリグリと動かしてきたのだった。

ようやく尚美が唇を離し、近々と顔を寄せたまま、

「アア、可愛い……」

熱い花粉臭の吐息で囁きながら、彼の髪を撫で回した。

航平は、かぐわしい息を嗅いでぼうっとなり、力が抜けて夢の中にいるように現実感がなく、それでも一物だけは雄々しく屹立して震えていた。

尚美も強ばりに気づき、添い寝しながら彼の裾を左右に開いた。

全裸に浴衣だったから、すぐにも一物が解放され、バネ仕掛けのようにぶるんと屹立した。

「まあ、すごい……」

尚美が彼に腕枕しながら熱い視線を向けて嘆息し、そろそろと指を触れさせてきた。

恐る恐る幹を撫で、張り詰めた亀頭に触れると、鈴口から粘液が滲んだ。

もちろん人に触れられるなど生まれて初めてのことで、彼は夢見心地の快感に幹を震わせた。

それに、眠っている尚美に悪戯するより、彼女の意思で弄《もてあそ》ばれた方がずっと気が楽だった。

尚美はふぐりまで探って、コリコリと軽く二つの睾丸を確認し、再び幹をやんわりと手のひらに包み込んだ。

「硬いわ……、ここだけこんなに逞しい……」

尚美は腕枕したまま彼の頬に触れんばかりに顔を寄せて囁き、ニギニギと強ばりを愛撫した。

航平は、甘い刺激の吐息で鼻腔を掻き回され、指の蠢きに否応なく高まった。

自分でいじるときは慣れたものだったが、人の指だと予想も付かない場所を探られたり、思いがけない部分が感じたりして新鮮である。

たちまち彼は、尚美の息の匂いと指の刺激で昇り詰めてしまった。

何しろ毎日こっそり抜いていたが、昨日だけは一日中手すさびしていなかったのである。

「い、いけない、姉さん……！　アア……！」

突き上がる大きな絶頂の快感にガクガクと身悶え、口走りながら彼は熱い大量の精汁をドクンドクンと勢いよくほとばしらせた。

「まあ……！」

見ていた尚美は驚いて手を離そうとしたが、それでも最後まで絞るように指の動きは続行してくれた。

航平は今までで一番心地よい射精をして身を震わせ、最後の一滴まで出し尽くしてしまった。

力を抜いてグッタリと身を投げ出すと、熱く荒い呼吸と忙しげな動悸がいつまでも治まらなかった。

「全部出たのね……」

尚美が言い、なおもニギニギと指を動かしているので、

「も、もういい、有難うございます……」

航平は息も絶えだえになって降参し、過敏になった幹をヒクヒク震わせて腰をよじった。

射精の大部分は彼の腹に飛び散り、浴衣も濡らしていた。

ようやく尚美も指を離し、腕枕を解いて身を起こすと、濡れた右手はそのままに、左手でチリ紙を手にした。

指を拭い、飛び散った精汁を拭き清めると、彼女は少し指を嗅ぎ、

「生臭いわ。これが生きた精子なのね……」

そう言って彼の裾を整えてくれた。

「最後までしても良かったんだけど、お前は自分から何もしないから……」

尚美は詰《なじ》るように言い、彼に布団を掛けると立ち上がって部屋を出て行ってしまった。

横になったまま、航平はグッタリと余韻に浸っていた。

尚美は手を洗い、自分の部屋に戻って寝たらしく、あとは何も聞こえずシンと静かになった。

あるいは、男は一度射精すると、その日は終わりだと思い込んでいるのかも知れない。

最後までして良いなら、続けて何度でも出来るのに、と思ったが、航平は呼吸を整

えながら、もう起き上がる気力も残っていなかった。

静かになると、今の出来事が夢だったように思えた。

そして航平は何度かウトウトしては目覚め、興奮の余韻に熟睡できないまま、夜明けを迎えてしまったのである。

空が白む頃には、もう眠るのを諦め、彼はむっくり起き上がった。

多少は寝たので、一物は朝立ちの勢いでピンピンに屹立している。

そのせいか小用は催さず、激しい淫気に見舞われていた。

(お前は自分から何もしないから)

という尚美の不満げな言葉が耳に焼き付き、彼は思いきって部屋を出ると、襖が開けっ放しになっている尚美の部屋に忍んでいった。

もう朝だから、ここで起きても尚美は熟睡したことだろう。

航平は寝息を立てている尚美に屈み込んだ。

胸元がはだけ、白く形良い膨らみが覗いている。

彼はそろそろと尚美の帯を解き、寝巻を左右に開いた。するとと彼女は下に何も着けていなかったのである。

あるいは昨夜、最後までするため、下には何も着けずに彼の部屋に来たのかも知れない。

二つの乳房が息づき、乳首と乳輪は初々しく淡い色合いだ。

股間の翳りは薄く、腹は引き締まりスラリとした脚が伸びていた。

もう堪らず航平は顔を寄せ、尚美の乳首に吸い付いてしまった。

第二章　目眩く筆下ろしの悦楽

一

「ああ、航平……？　いいわ、好きにして……」

乳首を含み、舌で転がしていると尚美が寝ぼけた声を洩らした。

許しが出ると、航平も遠慮なく乳首を舐め回し、もう片方も指で探った。

「アア……、いい気持ち……」

クネクネと身悶えながら、尚美が彼の髪を撫で回して喘いだ。

まだ朦朧とし、完全に目を覚ましていないようだが、肉体の方は正直に反応しているのだろう。

彼は両の乳首を交互に吸い、充分に舐め回しながら顔中を押し付けて柔らかな膨らみを味わった。

さらに乱れた寝巻を開き、尚美の腋の下にも鼻を潜り込ませていった。

そこは柔らかな腋毛が楚々と煙り、生ぬるく湿っていた。鼻を押し付けて嗅ぐと、甘ったるい汗の匂いが噎《む》せ返るほど濃厚に沁み付いて、悩ましく鼻腔を掻き回してきた。

女の匂いで充分に胸を満たしてから、航平は滑らかな肌を舐め下りた。

肌がピンと張り詰めた腹部に舌を這わせ、形良い臍を探ると、彼は腰の丸みから脚を下降していった。

本当は早く股間を舐めたいが、そうするとすぐ入れたくなり、あっという間に済んでしまうだろう。

せっかく尚美が好きにして良いと言ってくれているのだから、この際憧れの女体を隅々まで味わい、肝心な部分は最後に取っておきたかった。

滑らかな脚を舐め下り、足首まで行くと彼は足裏に回り込み、足裏を大胆に舐め回しながら、揃った足指の間に鼻を押し付けた。

やはり指の股は生ぬるい汗と脂に湿り、ムレムレの匂いが濃く沁み付いて鼻腔が刺激された。

そして充分に蒸れた匂いを嗅いでから、先日は果たせなかった爪先にしゃぶり付き、順々に指の間に舌を割り込ませていくと、

「あう……、汚いのに……」

尚美が驚いたように呻き、唾液に濡れた指先で航平の舌先をキュッと挟み付けた。

彼は両足とも、全ての味と匂いを貪り尽くすと、尚美をうつ伏せにさせ、彼女も素直にゴロリと寝返りを打った。

そこで乱れた寝巻を完全に脱がせ、彼も帯を解いて全裸になった。

再び屈み込んで踵《かかと》を見ると、日頃から颯爽と歩き回っているせいか、僅かに靴擦れの痕があった。

そこに舌を這わせ、張り詰めた脹ら脛から汗ばんだヒカガミ、張りのある太腿から尻の丸みを舐め上げていった。

腰から滑らかな背中を舐めると、淡い汗の味がして、

「アアッ……！」

感じるように尚美が顔を伏せて喘いだ。

肩まで行って髪に鼻を埋めて嗅ぎ、しなやかな髪を掻き分けて耳の裏側も嗅いで舐め回した。

再びうなじから背中を舐め下り、たまに脇腹にも寄り道しながら尻に戻ってきた。

うつ伏せのまま股を開かせ、形良い尻に顔を寄せて指で谷間を広げると、薄桃色の蕾《つぼみ》がひっそり閉じられていた。

単なる排泄器官の末端が、こんなにも可憐である必要があるのだろうか。

航平が吸い寄せられるように鼻を埋め込むと、顔中に弾力ある双丘が心地よく密着した。

蕾には蒸れた汗の匂いと、秘めやかな微香が沁み付いて鼻腔を刺激し、彼は貪るように嗅いでから舌を這わせた。

細かに収縮する襞《ひだ》を充分に舐めて濡らし、ヌルッと潜り込ませて滑らかな粘膜を探ると、

「く……、嘘……」

尚美が驚いたように呻き、キュッと肛門できつく舌先を締め付けてきた。

航平は舌を蠢《うごめ》かせ、出し入れさせるように前後させた。

「も、もう駄目、そんなこと……」

尚美が言い、刺激を避けるように再びゴロリと寝返りを打ち、仰向けに戻ってしまった。

彼は片方の脚をくぐり、白くムッチリとした内腿を舐め上げ、いよいよ股間に迫っていった。

目を凝らすと、股間の丘に程よい範囲で恥毛が茂り、下の方は溢れる蜜汁を宿していた。やはり受け身になりながら、相当に興奮と淫気を高めて濡れていたのだろう。

割れ目からは桃色の花びらがはみ出し、航平がそっと指を当てて陰唇を左右に開くと、中身が丸見えになった。

桃色の柔肉はヌラヌラと大量の淫水に潤い、膣口《ちつこう》は花弁のように襞を入り組ませて息づき、包皮の下からは小指の先ほどのオサネがツンと突き立って光沢を放っていた。

「そ、そんなに見ないで……」

彼の熱い視線と息を感じ、尚美が羞恥に声を震わせた。

航平は堪らず、熱気と湿り気の籠もる股間に顔を埋め込んでいった。

茂みに鼻を擦りつけて嗅ぐと、隅々に生ぬるく蒸れた汗とゆばりの匂いが籠もり、彼はうっとりと酔いしれながら舌を這い回らせた。

膣口の襞をクチュクチュ探ると、ヌメリは淡い酸味を含み、舌の動きを滑らかにさせた。

味わうようにゆっくり柔肉をたどり、オサネまで舐め上げていくと、

「アアッ……！」

尚美がビクッと顔を仰け反らせて熱く喘ぎ、内腿でキュッときつく彼の両頬を挟み付けてきた。

相当に感じる部分なのか、チロチロとオサネを舐めると潤いが格段に増し、白い下腹がヒクヒクと波打った。

航平は匂いに酔いしれながらヌメリをすすり、執拗にオサネを舐めながら、そっと指を膣口に挿し入れてみた。中は熱く濡れ、心地よさそうなヒダヒダがあり彼は指の腹で内壁を小刻みに擦った。

「も、もう駄目、入れて……」

尚美が腰をよじってせがんできた。

もちろん航平も待ちきれなくなっていたので、舌と指を離すと、身を起こして股間を進めていった。

急角度にそそり立った幹に指を添えて下向きにさせ、先端を濡れた割れ目に擦り付け、潤いを与えながら位置を探った。

「もう少し下……、そう、そこ、来て……」

尚美も僅かに腰を浮かせて誘導して言い、やがて股間を押しつけると、落とし穴に落ちたように張り詰めた亀頭がズブリと嵌まり込んだ。

「あう、奥まで……」

尚美が呻き、彼もヌルヌルッと滑らかに根元まで押し込んでいった。

肉襞の摩擦と潤い、締め付けと温もりが何とも心地よく、昨夜彼女の指で果てていなかったら、挿入の快感だけで漏らしていたことだろう。

深々と挿入して股間を密着させると、下から尚美が両手を伸ばして彼を抱き寄せた。

航平も抜けないよう気をつけながら、そろそろと脚を伸ばして身を重ねていった。

胸で柔らかな乳房を押しつぶすと心地よく弾み、恥毛が擦れ合い、肌の前面同士が密着した。動かなくても、息づくような収縮が繰り返され、彼はジワジワと高まっていった。

尚美が両手で彼の顔を引き寄せるので、そのままピッタリと唇を重ね、今度は航平の方から舌を挿し入れていった。

滑らかな歯並びを舌先で左右にたどると、すぐに尚美の口も開かれ、ネットリと舌がからみついてきた。

彼が唾液のヌメリと舌の蠢きを味わっていると、尚美がズンズンと股間を突き上げてきたのだ。そして口を離し、

「突いて、強く奥まで何度も……」

淫らに唾液の糸を引いて囁いた。

熱く湿り気ある吐息は、寝起きのせいか花粉臭がいっそう濃厚になって鼻腔を刺激した。

ぎこちなく腰を動かしはじめると、

「アア、もっと深く……」

尚美が夢中になってしがみつき、股間の突き上げを強めた。

しかし互いの動きと角度が合わず、途中でヌルッと引き抜けてしまったのだ。

「あう……」

快楽を中断され、尚美が不満げな声を洩らした。

「いいわ、仰向けになって」

彼女が身を起こして言うので、航平も入れ替わりに仰向けになった。

枕には、尚美の匂いが悩ましく沁み付き、彼は勃起しながら身を投げ出した。

すると彼女は屈み込み、自らの淫水に濡れた先端に口を寄せてきたのだ。

そして幹を指で支え、粘液の滲む鈴口にチロチロと舌を這わせ、張り詰めた亀頭にパクッとしゃぶり付いてきた。

二

「あう……、ね、姉さん……」

航平は唐突な快感に呻き、夢のような感覚に包まれた。実はあのまま眠り、明け方に夢でも見ているような気分だ。

尚美は喉の奥まで呑み込むと、口で幹を締め付けて吸い、熱い鼻息で恥毛をそよがせながら、口の中ではクチュクチュと舌をからめてくれた。

自分が舐めてもらったからしてくれているのだろうが、航平は急激に絶頂を迫らせて悶えた。

まさか自分の人生で、一物をしゃぶってもらうなど、結婚でもするまでまだ何年も先のことと思っていたのである。

「い、いきそう……」

彼が腰をよじって言うと、尚美もすぐにスポンと口を離して身を起こした。

やはり口に射精されるよりも、昨夜望んでいたように早く一つになりたいのだろう。

尚美は、まるで自転車にでも跨がるようにヒラリと彼の股間に跨がってきた。

やはり勝ち気な尚美は本来、受け身になるより、自分から積極的にする方が性に合っているのだろう。

そして唾液に濡れた先端に割れ目を押し当て、位置を定めると息を詰め、ゆっくり腰を沈み込ませていった。

ヌルヌルッと根元まで嵌め込むと、

「アアッ……！」

尚美が股間を密着させて喘ぎ、味わうようにキュッキュッと締め上げた。

そして何度かグリグリと股間を擦り付けてから、ゆっくり身を重ねてきた。

航平も両手を回して抱き留め、あらためて美女と一つになった感激と快感を嚙み締めた。

「膝を立てて、また動いて抜けるといけないから」

尚美が囁き、彼も両膝を立てて彼女の尻を支えた。

すると彼女も徐々に腰を動かしはじめ、航平も合わせてズンズンと股間を突き上げた。

今度は自分の腰が仰向けで安定しているので、抜けることもなさそうである。

「アア、いい気持ち、奥まで感じるわ……」

尚美が次第に動きを速めて言い、溢れる淫水で動きも滑らかになった。

ピチャクチャと淫らに湿った摩擦音が聞こえ、滴るヌメリが彼のふぐりの脇を伝い流れ、肛門の方まで温かく濡らした。

航平もいったん動きはじめると、あまりの快感に突き上げが停まらなくなってしまった。

「い、いきそう……」

「待って、もう少し……」

弱音を吐くと、尚美が快感を噛み締めながら答えた。大きな波を待っているようである。

しかし尚美の口から洩れる花粉臭の濃厚な吐息を嗅ぎ、収縮と潤いが増してくると、もう航平はひとたまりもなく、あっという間に昇り詰めてしまった。

「く……、気持ちいい……！」

全身を貫く大きな快感に呻きながら、彼はありったけの熱い精汁をドクンドクンと勢いよくほとばしらせた。

「あう、熱いわ、いく……、アアーッ……！」

すると噴出を受け止め、奥深い部分を直撃された尚美も同時に声を上ずらせ、ガクガクと狂おしい痙攣《けいれん》を開始して気を遣《や》ったようだ。

激しい締め付けは、まるで中に放たれた精汁を飲み込んでいるかのようだ。

航平は溶けてしまいそうな快感の中、心置きなく最後の一滴まで出し尽くしてしまった。

すっかり満足しながら、徐々に突き上げを弱めて身を投げ出していくと、

「ああ……、すごく良かった、今までで一番……」

尚美も硬直を解き、グッタリともたれかかりながら言った。

あまりに積極的なので、尚美を生娘《きむすめ》とは思っていなかったが、どんな男と今までしていたのだろうかと航平は少し気になってしまった。

やがて互いの動きが完全に停まると、彼は尚美の重みと温もりを受け止めた。

まだ膣内は名残惜しげな収縮が繰り返され、刺激された幹が内部でヒクヒクと過敏に跳ね上がった。

「あう、もう暴れないで……」

尚美も、すっかり敏感になっているように呻き、幹の震えを止めるようにキュッときつく締め上げてきた。

航平は、彼女の熱い吐息を嗅ぎ、濃い花粉臭で胸を満たしながら、うっとりと快感の余韻に浸り込んでいったのだった……。

——二人で重なり合ったまま、ようやく呼吸を整えると、尚美がそろそろと股間を

引き離した。

もう日が昇り、外はすっかり明るくなっている。

「よし、起きよう！」

気持ちを切り替えたように、尚美が元気よく言って起き上がると、航平も身を起こした。

尚美が全裸のまま裏の井戸端へ行ったので、航平は厠に入って用を足し、出ると彼女も身体を拭いて戻ってきた。入れ替わりに彼も井戸端で水を浴びて歯を磨き、互いに身繕いをした。

そして一緒に家を出た。

彼は洋服姿で、もう似顔描きはしないので木箱や座布団の入った信玄袋は持たず、鉛筆を胸ポケットに入れ、小脇に画帖だけ抱えていた。

まだ尚美と交わった感激の余韻が覚めやらず、航平は嬉しいような気まずいような気持ちで、二人は昨日のように岸田家の勝手口から中に入った。

可憐な桃子が二人分の朝食を用意してくれ、間もなく子供たち、劉生と辰彌も食卓に着いた。

どうやら吟香は外出しているらしい。

今朝は生卵ではなく、干物と漬け物に味噌汁だ。食事を終えると、

「描いてあげよう」

航平は並んだ二人の子供たちの顔を手早く描き上げ、画帖から切って渡した。

すると劉生は、やはり食事の途中でも絵に見入りはじめ、

「あとでゆっくり見なさい。わあ、すごく似てるわ」

桃子が窘《たしな》めたが、絵を見て感嘆した。

「桃ちゃんも描いてあげよう」

「私はいいわ、恥ずかしいから」

言うと彼女はモジモジと言い、茶を淹れてくれた。

尚美も普段通りを装っているが、やはり一線を越えた余韻で、少々言葉少なになっているようだ。

やがて腰を上げ、二人で厨を出ると、真っ直ぐ明治新報に行った。

二階に上がると、主筆の文二郎が待っていたように言った。

「高宮君、今日は取材に行ってもらう」

「分かりました。どこへ」

「麹町《こうじまち》の一番町だ。津田梅子《つだうめこ》という、何度もアメリカへ留学している才媛《さいえん》がこの秋に女子英学塾を開くらしい。今日は入学希望者の女子を集めて説明会があるので行ってくれ」

文二郎が言う。この頃は欧米式に、入学は秋である。

「ああ、確か学校が出来ると聞いていました」

尚美の実家も麹町だから知っていたようだ。

「じゃ行こうか、航平」

尚美も顔を輝かせ、航平に頷きかけたが、文二郎が呼び止めた。

「ああ、残念だが女子ばかりの塾なので、職員以外は男子禁制らしい。行くのは君だけだ」

「そう、仕方ないわね……」

尚美が言い、一緒に明治新報を出た。

「じゃ僕は掃除と洗濯に戻ります。時間があれば外へスケッチに出ますので」

「分かったわ、じゃお願い」

航平が言うと尚美は答えて家の鍵を渡し、ちょうど通りかかった人力車を止めてヒラリと俥《くるま》に乗り込んだ。

それを見送り、航平は家へ引き返した。

まず洋服姿のまま、玄関前や狭い庭の掃き掃除をし、家に入るとシャツとズボンを脱ぎ、全裸に浴衣を着込んでから洗濯にかかった。自分の下帯や靴下、盥に突っ込まれている尚美の下着類を洗濯板で洗って干し、もちろん洗う前に少し嗅いだが、今朝したばかりなので仕事に専念した。

そして自分と尚美の布団も日に当てた。

あとは玄関と厠、台所と廊下の掃除だが、やはり尚美の部屋は新聞や書き物の類いが散乱しているので勝手に触らない方が良いと思い、枕の匂いを嗅ぐにとどめた。

あらかた掃除を終えると、彼は井戸端で汗を流し、また全裸に浴衣を着込み、昨夜はあまり寝ていないから、少し眠ろうかと思った。

(一眠りしたら遅めの昼飯を考えて、ブラブラとスケッチに出ようか……)

彼がそんなことを考えていると、いきなり玄関が開き、誰かが訪ねて来たようだった。

急いで出ると、二十代半ばか、一人の和服姿の女性が立っていた。

三

「あなたは誰？　尚美はいないのかしら？」

見目麗《みめうるわ》しい丸髷《まるまげ》の女性が言い、航平も女物の浴衣姿を恥じらいつつ膝を突いて答えた。

「はあ、僕は尚美姉さんの弟で航平と言います。で、あなた様は？」

「まあ、尚美に弟がいるなんて初めて聞いたわ。私は尚美の姉の貴子《たかこ》」

「え！」

彼女、貴子の言葉に、航平は目を真ん丸にして硬直した。

言われて見れば、尚美と目鼻立ちが似ていなくもない。

「尚美の名を知っているし、あの子の浴衣を着ているのだから、泥棒じゃなさそうね。とにかく上がるわ」

風呂敷包みを抱えた貴子は言い、玄関を閉めると草履《ぞうり》を脱ぎ、優雅な仕草で上がり込んできた。同時に、尚美とは違う甘ったるい匂いがふんわりと生ぬるく漂った。

尚美の部屋は散らかっているので、仕方なく航平の部屋へ招き入れた。

幸い、万年床は日当たりの良い縁に干してあるが座布団はない。

貴子は構わず畳に座った。

「これ、尚美に持って来たの。浅草の牛鍋屋で買った佃煮」

風呂敷包みを解いて言い、貴子が紙に包まれた箱を差し出す。

「はあ、お渡ししておきます」

「それで、コウヘイさんはいつからここに？　尚美とはどういう」

「一昨日です。僕は町で似顔描きをしていたのですが、全ての金を奪われて途方に暮れていたら、尚美さんが拾ってくれたんです」

「そうだったの。今日は尚美は？」

貴子は答え、しみじみと航平を見つめた。

無垢《むく》で大人しそうに見えるからか、最初から貴子は彼を警戒していないようだった。

それが、夜明け前に交わったと知ったら貴子はどんな顔をすることだろう。

「取材で、帰りは何時になるか分かりません。麹町の女子英学塾へ」

「まあ、じゃうちへ寄るかも知れないわね。それにしても、ちゃんと取材だなんて、頑張っているようで安心したわ」

貴子は言い、庭に干してある洗濯物や布団に目を遣り、彼が真面目に留守番していることも察したようだ。

「何か言付《ことづ》けがあれば」

「ううん、ちょっと様子見に来ただけ。浅草に買い物に行った帰りで、お土産もあったから」

陸軍将官の娘で、婿養子を取った奥方でも、今日は一人で気ままに外へ出ていたようだ。婿も職業軍人か、それなりに地位のある男なのだろう。

「尚美のことはよく知っているの？」

「いえ、麹町に家があって、お父上が陸軍少将で、お姉様がお婿をもらい後を継いだので、安心して家を飛び出したとだけ」

「そう」

「尚美さんのこと、もっと詳しく伺ってもいいですか？　楽善堂の大家さんには弟ということにしてもらっているので」

航平が訊くと、貴子もためらいなく答えてくれた。

尚美は二十三歳、貴子は二十五ということである。

そして貴子は結婚二年目で、一人の赤ん坊がいるが今日は乳母に預けているらしい。

「尚美は、前から職業婦人に憧れていたというのもあったけど、家を出た一番大きな理由は、婚約者が嫌になったからだわ」

「婚約者が……」

「相手は五歳上の、外交官の息子で洋行帰り。気障《きざ》な男で私も嫌いだったけど、父が進めた話だから」

貴子が言い、いつしか甘ったるい匂いが室内に立ち籠めていた。

最初は父親の言いつけだと諦め、尚美も運命と思い仕方なくその男と付き合いはじめたようだ。

「体を許した日のことは覚えているわ。帰宅したら青ざめて、様子がおかしいから訊くと、帝国ホテルの部屋で奪われたと。幼い頃から、尚美は私に何でも話してくれていたから」

貴子が言い、航平は嫉妬に胸が苦しくなった。

それでも一度許せば、これも運命の波に流されるように、何度となく抱かれ、そのうち苦痛も消え去ってきたのだろう。

「でも体が慣れてきても、気持ちの方はどんどん離れていったみたい。その男は親の威光で外務省の役職について、それを鼻に掛けて人を見下すところがあるから。前から尚美は、どんなに貧しくても一人で逞しく生きている男の方が好きだと言っていたわ」

「そうですか……。それで、家を出てからは？」

「尚美に逃げられて、ようやく相手も諦めたみたい。父も、そいつに女がいたと分かったので相当に責めて、もう尚美とは何の関係もないわ。だからいつでも麴町に戻れるのに、あの子は家を出て講道館の女子部に通ったり記者になったり、本当に今の暮らしが楽しいようね」

貴子が言い、航平も尚美のことが大体分かってきた。

（え……？）

貴子が急に黙ったので、ふと気づくと、彼女が脂汗を滲ませ胸を押さえているではないか。

「うわ、どこか具合でも……」

驚いた航平は、体を丸めてうずくまった貴子ににじり寄って言い、縁に干してあった布団を引っ張り込んで彼女を横たえた。

「ええ、大丈夫。少し休ませて……」

貴子は言い、横になりながら懸命に帯を解きはじめたのである。

「緩《ゆる》めた方がいいのかな……」

彼も恐る恐る手伝い、シュルシュルと帯を解いて引っ張り出すと、貴子も中の紐を順々に解いて胸元を寛げていった。

そしてとうとう胸を露わにすると、尚美以上に豊かな白い膨らみがはみ出し、濃く色づいた乳首にポツンと白濁の雫《しずく》が浮かんでいるではないか。

（お、お乳が……）

航平は目を釘付けにし、最初から漂っていた甘ったるい匂いは、体臭ではなく乳汁の匂いだったと思い当たった。

「ど、どうすれば……、医者を呼びますか……」

「ううん、張って苦しいだけだから。赤ちゃんがいれば吸い出してもらうのだけど……」

貴子が顔をしかめて言うのに、航平はムクムクと激しく勃起してしまった。

「ぼ、僕が吸い出してもいいですか……」

「してくれる？　お願い、吸ったら紙に吐き出して……」

彼女が言い、はだけた着物の袂から懐紙を出そうとしたが、その前に航平は屈み込み、色づいた乳首にチュッと吸い付いてしまった。

「あう……」

貴子は呻き、やがて完全に横になり彼に腕枕でもする形になった。

航平は乱れた着物と襦袢の内に籠もる、濃厚に甘ったるい匂いに酔いしれながら、含んだ乳首を舐めて雫を味わった。

「な、舐めないで、吸って……」

貴子が熱く息を弾ませ、彼の顔を胸に抱き抱えながら言う。

懸命に吸い付き、唇で乳首の芯を挟むようにすると、ようやく生ぬるく薄甘い母乳が滲んできた。

いったん出始めると、あとは要領を得て吸い出し、航平はうっとりと喉を潤しはじめた。

「アア、飲んでいるの？　嫌じゃないの……？」

貴子は苦悶して言いながらも、分泌を促すように自ら豊かな膨らみを揉みしだいていた。

航平は甘美な匂いで胸を満たしながら吸い付き、飲み込み続けた。

すると心なしか、膨らみの張りが和らいできたように感じられた。

「いいわ、こっちも……」

彼女が言い、さらに胸元をはだけ、もう片方の膨らみを突き出してきた。

航平も雫の滲む乳首に移動し、そちらも充分に吸い出し、うっとりと喉を潤し続けた。

(何だか、今日の昼飯はこれで充分な気が……)

彼は思いながら吸い出していたが、股間の方はピンピンに張り詰めていた。

何しろ浴衣の下には何も着けていないので、ややもすれば裾の間から小坊主が顔を突き出しそうになっている。

それにしても、今朝がた尚美と濃厚な情交をしたというのに、昼にはその姉の乳首を吸っているのだ。

巾着を盗られ、尚美と出会ったことが幸運の分岐点だったのかも知れない。

「ああ、すっかり楽になったわ。どうも有難う……」

貴子がうっとりと言い、声もだいぶ力の抜けたものになっていた。

それでも彼女は、両手で彼の顔を抱えたまま、いつまでも胸から離してくれなかった。

だから航平も、左右の乳首を交互に含んでは余りを吸い出し、顔中で柔らかな膨らみを感じながら、とうとうチロチロと舌を這わせてしまったのだった。

四

「アア……、いい気持ちよ、とっても……」

もう舐めるのを咎めもせず、貴子が航平の顔を抱きすくめながら言い、仰向けの受け身体勢になっていった。

彼女の喘ぎも間断なく続き、乳首を舐められるたび、ウッと息を詰め、次第にクネクネと身悶えはじめたではないか。

張った胸の痛みが治まると、熟れた人妻の肌が正直な反応を示しはじめたのかも知れない。

恐らく夫も忙しい身で、子が産まれてからは夫婦の交渉が疎くなっているのではないか。航平は大人のことなど知らないが、貴子の反応を見ていると、相当に欲求が溜まっているのではないかと思った。

その証しに、貴子は一向に航平の顔を胸から離してくれないし、時に愛しげに彼の髪を撫で回しているのである。

彼は片方の乳首を舐め回しながら、もう片方の膨らみに手を這わせた。

「アア……」

すると貴子が熱く喘ぎ、彼に手を重ねてグイグイと強く膨らみに押し付けてきたのだ。

充分に両の乳首を味わうと、さらに航平は乱れた襦袢の中に潜り込み、貴子の腋の下にも鼻を埋め込んでしまった。

生ぬるく湿った腋の下には色っぽい腋毛が尚美よりも濃く煙り、鼻を擦りつけて嗅ぐと、乳汁とはまた別に甘ったるい汗の匂いが、濃厚に籠もって鼻腔を掻き回してきた。

（ああ、これが大人の女の匂い……）

航平は興奮にゾクゾクと胸を震わせながら思い、美女の体臭に噎せ返りながらうっとりと胸を満たした。

「ああ、くすぐったいわ……」

貴子は喘ぎ、やはり咎めることなく、さらに乱れた着物と襦袢を左右に広げて身を投げ出し、腰巻まで解いて広げてくれたのだった。

ここまで来れば、もう好きにして良いということだろう。

航平も興奮に朦朧となりながら、叱られたら止そうと思いつつ、貴子の白い熟れ肌を舐め下りていった。

形良い臍を探り、下腹に顔を押し付けて弾力を味わい、腰の丸みから脚を舐め下りていった。

貴子は何も言わず、ただ目を閉じて半開きの口で荒い息遣いを繰り返し、じっとされるままになっていった。

もちろん股間は後回しで、彼は脚を味わった。

脛《すね》にはまばらな体毛があり、彼は足首まで舐め下り、足裏にも舌を這わせた。

形良く揃った指に鼻を押し付けて嗅ぐと、やはりそこは生ぬるい汗と脂にジットリ湿り、蒸れた匂いが濃く沁み付いていた。

微妙に尚美と異なる匂いに酔いしれ、彼は鼻腔を刺激されながら爪先にしゃぶり付いてしまった。

順々に指の股に舌を割り込ませていくと、

「あう……、何をしてるの……」

すっかり朦朧となった貴子は呻き、拒むことはしなかった。

航平は両足とも全ての指の股をしゃぶり、味と匂いが薄れるほど貪り尽くしてしまった。

そして股を開かせ、脚の内側を舐め上げ、白くムッチリして内腿をたどり、股間に迫っていった。

中心部に顔を寄せて見ると、ふっくらした丘には黒々と艶のある恥毛が茂り、肉づきが良く丸みを帯びた割れ目からは桃色の花びらがはみ出していた。

すでに蜜汁が外にまで溢れ、そっと指で陰唇を広げると、息づく膣口からは母乳に似て白濁した淫水も滲んでいた。

真っ昼間なので、ポツンとした小さな尿口もはっきり確認でき、オサネは尚美より大きく、ツヤツヤと光沢を放ってツンと突き立っていた。

もう堪らず、彼は顔を埋め込んでいった。

柔らかく密集した茂みに鼻を擦りつけて嗅ぐと、やはり熱く蒸れた汗とゆばりの匂いが沁み付いていて、悩ましく鼻腔が刺激された。

胸を満たしながら舌を挿し入れ、尚美に似た淡い酸味のヌメリを掻き回しながら、息づく膣口から大きめのオサネまで舐め上げていくと、

「アアッ……、な、舐めているの……？」

貴子が驚いたように喘ぎ、本当に股間に男の顔があるのか確認するように手で彼の頭に触れてきた。

チロチロとオサネを舐めると、

「あう、いい気持ち……！」

彼女は呻き、量感ある内腿でムッチリと彼の顔を挟み付けてきた。

オサネを舐め回し、味と匂いに酔いしれながら目を上げると、白い下腹がヒクヒクと息づき、豊かな乳房の向こうに仰け反る顔が見え、貴子は何とも艶めかしい表情で喘いでいた。

やはりオサネを刺激すると、淫水の量が格段に増えてきた。

もう、ここまで来れば何をしても拒まれないだろう。

航平は彼女の両脚を浮かせ、白く豊満な尻に迫った。

谷間の蕾は綺麗な桃色だが、出産で息んだ名残だろうか、それは青果店で見た檸檬《れもん》の先のように僅かに突き出た色っぽい形状をしていた。

鼻を埋めると豊かな双丘が顔中に密着し、蕾に籠もる蒸れた匂いが悩ましく鼻腔を搔き回してきた。

何やら刺激が濃いほど、美しい顔との格差に興奮が高まった。

彼は美女の恥ずかしい匂いを貪り、舌を這わせて襞を濡らし、ヌルッと潜り込ませて滑らかな粘膜を探った。

「く……、何をしてるの……、変な気持ち……」

貴子が浮かせた脚を震わせて呻き、キュッと肛門できつく彼の舌先を締め付けてきた。

もちろん陸軍将官が認めた貴子の夫は、足指や尻の谷間など舐めず、すぐ挿入するような男に違いない。

航平は、人妻なのに貴子が知らないであろう刺激を与え続けた。

舌を出し入れさせるように動かすと、鼻先にある割れ目から新たな蜜汁が、粗相したかのようにトロトロと大量に溢れてきた。

それを舐め取り、ようやく脚を下ろして彼は再び割れ目に舌を戻していった。

泉のように溢れる淫水をすすり、オサネに吸い付くと、

「アアーッ……！」

貴子が顔を仰け反らせて喘ぎ、ガクガクと激しい痙攣を開始した。

どうやら小さく気を遣ってしまったのだろう。

「も、もう堪忍……」

彼女が嫌々をして言い、懸命に刺激を避けようと腰をよじった。

航平も、ようやく貴子の股間から這い出して添い寝し、また乳首から滲んでいる乳汁を舐め取った。

「ああ……、あんなに舐めるなんて……」

貴子は身を投げ出して言い、ハアハアと荒い息遣いを繰り返した。

そして呼吸も整わないうち、手を伸ばして彼の裾を開き、雄々しく屹立している肉棒に触れてきたのだ。

「まあ、こんなに硬く……」

貴子が言い、ニギニギと手のひらに包み込んで愛撫してくれた。

「ああ……、い、いきそう……」

「まだ駄目よ、我慢しなさい」

彼が喘ぐと、すぐ手を離した貴子が身を起こしてきた。

そして顔を移動させ、息がかかるほど近々と先端に迫った。

「綺麗な色……」

幹を握り、彼女は張り詰めた亀頭を見つめて言い、とうとう舌を伸ばし、粘液の滲む鈴口をチロリと舐めてくれた。

「あう……」

「駄目よ、我慢しなさい。濡らすだけだから」

彼が呻くと、貴子が尚美以上にお姉さんのように言い、亀頭にしゃぶり付いてきた。熱い息が股間に籠もり、彼女は上気した頬をすぼめて吸い、口の中ではクチュクチュと舌をからめた。そしてたっぷりと生温かな唾液にまみれさせると、彼が危うくなる前にスポンと口を離した。

「上から入れていい？」

貴子が熱っぽい眼差しで航平を見下ろして言うので、彼も願ってもないと頷いた。自分が上だと、下手なのでまた抜けるといけないし、どうにも航平は下から美女を仰ぐのが好きなのだった。

貴子は彼の股間に跨がり、先端に濡れた陰戸《いんこ》を押し当て、位置を定めるとゆっくり腰を沈み込ませていった。まさか同じ日に、姉妹の両方と出来るなど夢にも思わず、彼は少しでも我慢して長く味わいたいと思った。

たちまち彼自身は、ヌルヌルッと滑らかな肉襞の摩擦を受け、根元まで呑み込まれていった。

五

「アアッ……、お、奥まで届くわ、なんていい……！」

完全に股間を密着させると、貴子が顔を仰け反らせて喘いだ。

航平も、温もりと感触に包まれながら懸命に奥歯を嚙み締めて暴発を堪えた。

貴子はぺたりと座り込んだまま、乱れた着物と襦袢を全て脱ぎ去り、ゆっくりと身を重ねてきた。

彼も両手を回して抱き留め、両膝を立てて豊満な尻を支えた。

胸に豊かな乳房が押し付けられて心地よく弾み、また濃く色づいた乳首からは母乳の雫が滲んできた。

「か、顔にかけてください……」

「こう……？」

せがむと貴子が答え、彼の顔に胸を突き出してきた。

自ら乳首を摘んで絞ると、ポタポタと白濁の雫が滴り、無数の乳腺からは霧状になったものも彼の顔中に降りかかってきた。

航平は雫を舌に受けて味わい、顔中甘ったるい匂いに包まれながら快感を高めていった。

貴子も両の乳首から充分に乳汁を搾り尽くすと、あらためてのしかかり、そのまま彼女は上からピッタリと唇を重ねてきたのだ。

航平は、美女の唇の感触と唾液の湿り気を感じ、じっとしていても味わうように息づく膣内の蠢きに絶頂を迫らせていった。

迫る美女の顔からは、ほんのりと上品な白粉や紅の香りがして、うっとりと鼻腔が掻き回された。

ヌルリと舌が潜り込んできたので、彼は貴子の熱い鼻息で鼻腔を湿らせながら触れ合わせてチロチロとからませた。

「ンン……」

貴子が熱く鼻を鳴らし、徐々に腰を動かしはじめた。

まさか朝と昼に、姉妹と同じ茶臼（女上位）で交わるなど夢にも思っていなかった。

彼も下からしがみつきながら、徐々に動きを合わせてズンズンと股間を突き上げはじめていった。

「アアッ……、いい気持ち、いきそうだわ……」

貴子が口を離し、淫らに唾液の糸を引いて喘いだ。

口から吐き出される息は湿り気があり、やはり白粉《おしろい》に似た匂いを含んで鼻腔を刺激してきた。

溢れる淫水で律動が滑らかになり、互いの動きも一致して股間をぶつけ合うとピチャクチャと淫らに湿った摩擦音が響いてきた。

恥毛が心地よく擦れ合い、コリコリする恥骨の膨らみも伝わってきた。

しかも貴子は舌を伸ばし、彼の顔中を湿らせた母乳を舐め回してくれたのだ。

ヌラヌラと滑らかな舌が航平の鼻の穴や頬に這い、彼は乳汁と唾液と吐息の匂いに包まれ、肉襞の摩擦の中で昇り詰めてしまった。

「い、いく……、アアッ……！」

我慢しようもなく大きな絶頂の快感に声を上げ、熱い精汁をドクンドクンと勢いよくほとばしらせた。

「あう、気持ちいいわ、いく……、アアーッ……！」

　すると貴子は噴出を感じた途端に、気を遣るスイッチが入ったように声を上ずらせ、ガクガクと狂おしい痙攣を開始したのだった。

　やはりさっきの、オサネへの舌による絶頂とは比べものにならないほど激しい反応であった。

　膣内の収縮と淫水の噴出が最高潮になり、互いの股間がビショビショになって彼は締め付けの中で揉みくちゃにされた。

「ああ、気持ちいい……」

　航平は心ゆくまで快感を味わい、最後の一滴まで出し尽くしていった。

　すっかり満足して徐々に突き上げを弱めていくと、

「ああ……」

　貴子も満足げに声を洩らし、熟れ肌の強ばりを解いて力を抜きながらグッタリと体重を預けてきた。まだ膣内が名残惜しげに息づき、刺激された幹が中でヒクヒクと過敏に震えた。

「あう……」

　貴子も敏感になって呻き、航平は熱く喘ぐ彼女の口に鼻を押し付け、白粉臭の吐息で胸を満たしながら、うっとりと快感の余韻を味わったのだった。

重なったまま呼吸を整えていると、

「こんなに良かったの初めてよ……」

貴子が言い、そういえば尚美もそのようなことを言っていたと思い出した。

してみると、自分は地位のある立派な人物たちより女の扱いが上手なのだろうかと思ってしまった。

すると貴子が、訊かれたくないことを口にした。

「尚美ともしたのね？」

「い、いえ……」

いきなり言われ、航平は硬直して答えに窮した。

「顔に書いてあるわ。正直な子ね。でも私とのことは内緒よ」

「え、ええ、もちろんです……」

彼が答えると、ようやく貴子も股間を引き離し、懐紙を出して割れ目を拭いながら、

彼の股間に顔を寄せてきたのである。

「まあ、萎えていないわ。続けて出来るの……？」

貴子が驚いたように言った。確かに航平も、日に三度ぐらいは自分で抜いていたのだし、まして美しく熟れた人妻が全裸でいるのだから、いくらでも淫気が湧いてきてしまった。

「ええ、たぶん……」

「でも、もう私は充分だわ。もう一度したら力が抜けて帰れなくなるので、お口で良ければ」

（え……？）

航平が驚く間もなく、貴子は淫水と精汁にまみれた先端に舌を這わせはじめたのだ。もう射精直後の無反応期も過ぎたので、またピンピンに回復し、元の硬さと大きさを取り戻してしまった。

「い、いいですよ、お口でなんて……」

「いいのよ、じっとしていて。いっぱいミルク飲んでもらったから今度は私が」

遠慮がちに言うと貴子が答え、スッポリと喉の奥まで呑み込むと、舌をからめて吸い付きながら、小刻みに顔を上下させ、濡れた口でスポスポと強烈な摩擦を繰り返してくれたのだ。

淑やかに見えたが、やはり尚美に負けないほど、大胆で積極的な部分を持っているのだろう。

「ああ、気持ちいい……」

航平は激しい快感に喘ぎ、思わず下からもズンズンと股間を突き上げた。

そして交接と違い、ここは長く我慢しなくても良いと思うと、急激に絶頂が迫ってきた。

しかし、身分ある家の夫人の口を汚して良いものだろうか。

だが、そんな禁断の思いも快感に拍車を掛け、彼はあっという間に絶頂の快感に貫かれてしまった。

「い、いけません、いく、アアッ……！」

口走りながら、宙に舞うような激しい快感の中、彼はありったけの熱い精汁をドクンドクンと勢いよくほとばしらせてしまった。

「ク……、ンン……」

喉の奥を直撃された貴子は小さく呻き、それでも吸引と摩擦、舌の蠢きは続行してくれた。

「あう……」

航平は、美女の口に思い切り出すという恐ろしいほどの快感に呻き、とうとう一滴余さず出し尽くしてしまった。

力を抜いてグッタリと身を投げ出すと、彼女も動きを止めてくれ、亀頭を含んだまま口に溜まった精汁をゴクリと一息に飲み干してくれたのだ。

「く……」

喉が鳴ると同時に口腔がキュッと締まり、彼は駄目押しの快感に呻いた。

ようやく貴子もスポンと口を引き離し、なおも余りを絞るように指で幹をしごくと、鈴口に脹らむ白濁の雫までチロチロと丁寧に舐め取ってくれたのだった。

「あうう……、も、もういいです、有難うございました……」

息も絶え絶えになって言うと、やっと貴子も舌を引っ込めてくれた。そして身を起こし、チロリと舌なめずりすると、

「立て続けの二回目なのに、濃くて多いわ……」

大仕事でも終えたように吐息混じりに言った。してみると、夫にせがまれて飲んだこともあるようだった。

上流の夫婦がどのようなものか知らないが、案外に庶民と同じような欲望に突き動かされ、様々な行為をしているのかも知れない。

「じゃ私は帰るので、尚美によろしく。寝たままでいいわ」

立ち上がった貴子が言い、くるくると手際よく身繕いをしていった。

航平はまだ起き上がる元気もなく、息を弾ませ胸を高鳴らせ、ただぼうっと貴子を見ているだけだ。

やがて着付けを終え、髪を整えると貴子は出ていき、航平はいつまでも横になったまま、信じられない出来事を思い返していた。

第三章　生娘のいけない好奇心

一

（とうとう姉妹の両方と……）

呼吸を整えた航平は、しみじみ思いながら、ようやく身を起こした。

そして井戸端で股間を流してから、身体を拭いて戻ると浴衣を着た。

しかも貴子は、今日会ったばかりの女性である。いま思えば、玄関も施錠していなかったのだから、もし尚美が早くに戻ってきたらどうなっていただろうかとあらためて身震いする思いだった。

見ると、貴子が置いていった包みがある。

気がつけば昼は貴子の乳汁だけだったから、やけに腹が減っていた。

紙を破くと折詰めが出てきて、中には牛肉の佃煮が入っていた。

指で摘んで一口食ってみると、

「う、うめーっ……」

航平は声に出し、頬が落ちそうな旨さに夢中になった。

尚美の分も残しておこうと思いつつ、

(旨え旨え……)

止まらなくなって、とうとう全て食い尽くしてしまった。

一息ついて空箱を捨て、そのまま彼は横になって心地よく微睡《まどろ》んだ。

目を覚ますと、だいぶ陽が傾き、まだ尚美は帰っていない。

起き上がって洋服に着替え、庭に出て布団を叩いて取り込むと尚美の部屋に戻し、さらに洗濯物を入れた。

もう今日はスケッチに出る気力もない。

洗濯物を畳み、尚美の分は部屋に入れておいた。

すると間もなく、日が没する頃に尚美が帰ってきたのだった。

「遅くなってごめんね。夕食に出ようか」

「ええ、麴町の貴子さんが見えました」

「まあ、姉が？」

尚美は驚いて言い、航平も貴子は土産だけ置いて、よろしくと言ってすぐ帰ったことを告げた。

「そう、航平は自分のことを何て言ったの？」

「はあ、最初知らなくて、尚美姉さんの弟だと言うと、初耳だと言われて、私は姉だって」

「あははは」

言うと尚美が爆笑した。

「それで、文無しのところを拾われたと正直に言いました」

「そう、姉も小さなことに拘《こだわ》らない人だから」

「それから、お土産の牛肉の佃煮、うっかり夢中で全部食っちゃいました」

「いいわよ、そんなこと。じゃ出ましょう」

尚美は気にもせずに言い、航平も一緒に外に出た。もちろんいつもの癖で、画帖だけは持った。

そして路地を抜けて楽善堂の前に出ると、ちょうど吟香が閉店間際の店から出てきたところだった。

「おお、夕食かね。良ければ一緒に」

吟香が気さくに言い、尚美も悪びれずお供しますと答えた。

三人で銀座通りを抜けると、吟香は二人を料理屋に招いた。

女将は顔見知りらしく、奥の座敷に通されると、航平は尚美と並んで座り、吟香は向かいに腰を下ろした。

まずはビールと酒と、料理を頼んだ。吟香も、尚美のビール好きは知っているのだろう。

やがて運ばれてきたヱビスビールで三人は乾杯し、料理を摘んだ。やがて吟香は酒に切り替えたが、航平はビールも酒もほんの一口だけで、あとは豪華な料理を遠慮しながら摘んだ。

どうやら吟香の奢りらしいが、あるいは尚美の家から過分な家賃の前払いでもあるのだろう。それで毎朝、朝食の面倒も見てくれるのかも知れない。

「今日はどこへ？」

吟香が尚美に訊いた。

「ええ、女子英学塾を開く津田梅子女史に会ってきました。入学希望の女子たちも、華族や平民の区別なく、みんなヤル気のある子たちばかりで、すごく元気をもらいました」

尚美が顔を輝かせて言い、梅子と会った感激を滔々《とうとう》と語った。

どうやら尚美は、自立を目指す女子たちとも話が弾み、それですっかり遅くなったようだった。

「そうか、それは良かった。で、航平君は今後どうするのだね？」

話が一段落すると、吟香は航平に話を振ってきた。

「まずは金を貯めて、自立を目指します」

「うん、そうだな。人間の悩みの九割は金で何とかなる」

「あとの一割は？」

「大和魂で何とかする」

「はあ、頑張ります」

「金がないときは実に惨めだからな。儂《わし》も、頼られることは多いが、儂が頼る人は実に少ない。みな身の丈に合った善良な暮らしをしているのだから、人に貸す余分な金などあるわけがない。仮に金がある人間でも、頭を下げたくない嫌な奴ばかりだ。わははは」

吟香は哄笑し、さらに酒と料理を追加した。

「どうした、尚ちゃん、もっとビールを飲まないか」

「いいえ、私は今夜中に、取材の記事をまとめないといけないんです」

「そうか、じゃ飯だけ済ませたら先に帰ると良い。済まないが、儂は航平君とゆっくりさせてもらう」

「はい、構いません」

尚美は答え、余りのビールを飲み干してから飯を頼んだ。

やがて、食事を終えた尚美が先に帰ってゆくと、航平は吟香と余りの料理を片付けた。

「大陸にも楽善堂があるんですか」

「ああ、だがあちらは薬屋というより、大陸浪人や壮士たちの溜まり場になっている私塾のようなものだ」

吟香が言う。

「あちらにも、多くの薬があるんでしょうね」

「ああ、大部分は怪しげだ。生娘の唾や小便を不老長寿の妙薬にしたり、破瓜《はか》の血と精汁を混ぜて作る、桃色の和合水というのは精力増強の薬だ」

「ははあ……」

航平は、何やら飲みたくなったものだ。

やがて料理が空になると、吟香は女将を呼んで支払いを済ませて腰を上げた。

「さて、もう少し付き合ってもらうか」

「はあ、僕はあまり飲めないのですが」

「なあに、絵を描いてもらいたいのだ。飲み屋の女将の顔をな」

吟香は笑って言った。行きつけの店の点数稼ぎで、航平に似顔を描かせようというのだろう。

「そうですか。構いません。すっかりご馳走になりましたし」

航平も笑顔で答え、画帖を持って来て良かったと思った。

そして店を出て、二人で裏道の方へ歩いて行くと、

「キャーッ……！」

いきなり甲高い女の悲鳴が聞こえた。

「何だ」

吟香は言い、声の方へ駆け出したので航平も従った。

と、人が倒れているところへ駆けつけると、三つ揃いの立派な紳士が胸を血まみれにさせていた。傍らには二人の和服女性が立ちすくんでいる。

ピクリとも動かない男は、まだ三十前か、髪を真ん中から分けて口髭を蓄え、胸元からは銀の鎖が垂れていたが、時計はない。傍らには高級そうな革の財布も落ちていた。

「駄目だな、即死だ。巡査を呼んできてくれ」

吟香が倒れた男に屈み込んで言うと、女の一人が頷いて、よろめきながら走り去った。いつまでも死骸のそばにいたくなかったのだろう。

航平も、少し離れたところから恐る恐る様子を窺った。周囲は人けのない場所で、通る人もいない。

「何があった」

「新さんと飲み歩いていると、男がぶつかってきたんです。新さんも酔っていたから大威張りで、身分をわきまえろ、どけとか怒鳴ったら、いきなり匕首《あいくち》で刺されて……」

残った若い女が声を震わせて言う。どうやら新さんという男は、カフェーの女給たちを引き連れて飲み歩いていたらしい。

「それで、銀時計を引きちぎって、財布から札だけ抜いて逃げていきました」

女が言うと、吟香は財布を手にして名刺を取り出した。

「大河原新助《おおがわらしんすけ》、役人か……」

吟香は名刺を戻して財布を置き、立ち上がって女に向き直った。

「どんな男だ。どっちへ逃げた」

「ほ、頬に傷のある着流しで、あっちの方へ……」

「なに！」

吟香が言って航平を振り返った。

航平も、慌てて画帖から仙蔵の肖像画を破って吟香に渡したのだった。

二

「この男か、刺して逃げたのは」

「そ、そうです。まあ、そっくりです。間違いありません……」

吟香に絵を見せられた女は、目を丸くして答えた。

そこへ、サーベルの音が近づいてきたので振り返ると、さっきの女が二人の巡査を連れてやってきた。

「おう、ここだ」

吟香が言うと、中年と若い巡査の二人が駆け寄ってきた。道々女からあらかたの事情は聞いていたのだろう、巡査が倒れている男が死んでいることを確認し、若い巡査に応援を頼んでから吟香に向き直った。

「お手前は？」

中年の巡査が、風格ある吟香を見て意外に丁寧に言った。よく見ると口髭の巡査は、前に尚美と航平にからんできた男だった。

「通りがかりのものだ。二丁目にある楽善堂の岸田吟香」

「は！　お名前は伺っております」

巡査が姿勢を正したので、やはり吟香は大物として有名人なのだろう。

「道で悶着を起こし、刺したうえ時計と金を奪って逃げた。犯人はこの男だ」

吟香が絵を差し出すと、

「こ、この男ですか……。有難い、この絵は預かってよろしいでしょうか」

巡査が言うので吟香が航平を振り返り、彼が頷くと吟香も巡査に頷きかけた。すると巡査は、いきなり絵を四つ折りにしてポケットに入れた。

せめて丸めてくれれば良いのにと航平は思ったが、もう彼には要らない絵である。

「その男は仙蔵といって、あちこちの開発事業で日雇いをしているが、実際はろくに働かない遊び人の破落戸だ」

「分かりました。本官もどこかで見たような気がします」

巡査が言い、その頃になると周囲に野次馬が集まりはじめていた。

そして間もなく数人の巡査たちが応援に駆けつけてきて、まずは死骸を運ぶようだ。

「ああ、道を空けろ！」

巡査が野次馬たちに怒鳴り、死骸が戸板に乗せられた。

「では、儂たちは引き上げる」

「は、また何かお話に伺うかも知れません」

吟香が言うと巡査が答えて挙手をし、航平は吟香と一緒に戻りはじめた。

「今夜はもう飲む気が失せたから、またにしよう」

「はい」

航平も答え、楽善堂の前で吟香と別れると、路地を抜けて家に帰った。

玄関を施錠して上がり込むと、尚美は記事をまとめるのに余念がなかった。

「おかえり。勝手に寝てね」

尚美は手を休めず、顔だけ上げて言った。

「はい、おやすみなさい」

本当は記者である尚美に殺人のことなど報告したかったが、今は忙しそうなので明日にし、彼も自分の部屋に戻った。

(何だか、毎日色んなことがあるな……)

航平は思い、服を脱いで浴衣に着替えると布団に横になった。

尚美や貴子のこと、吟香と出かけて殺人に遭遇したことなどをあれこれ思ううち、やがてぐっすりと眠り込んでしまったのだった……。


――翌朝、航平は温もりと甘い匂いに目を覚ました。

ふと気づくと、彼は尚美に腕枕されて眠っていたではないか。

まだ空は白みかけている頃合だ。

尚美も眠っていたが、すでに全裸になって身を寄せ、彼の帯も解かれて引き抜かれ、浴衣の前がはだけていた。

どうやら深夜に仕事を終えた尚美が、彼の部屋に来たものの、あまりによく眠っているので裸になって添い寝し、起きたら情交しようと思いながら彼女も眠ったのだろう。

腕が痺れるといけないので、航平は尚美を起こさないようそろそろと身を起こし、乱れた浴衣を脱ぎ去って彼女と同じ全裸になった。

もちろん朝立ちの勢いもあり、彼自身はピンピンに突き立っている。

どうも尚美とは、明け方に情交する運命らしい。

　すると気配で尚美も目を覚ました。

「航平、起きた……？」

　尚美が言い、布団を剝いで一糸まとわぬ肢体を晒した。

　航平も、尚美は寝不足で疲れているだろうが、後戻りできないほど淫気が高まり、彼女もその気でいるようだから遠慮なく迫った。

　まずは身を投げ出している尚美の足裏に屈み込んで舌を這わせ、指の間に鼻を割り込ませて嗅いだ。

「あう、そんなところから……」

　尚美はビクリと反応して呻いたが、すっかり目は覚めたようだ。

　指の股は今日も汗と脂に湿り、ムレムレの匂いが濃く沁み付いて彼の鼻腔を刺激してきた。

　航平は蒸れた匂いを貪りながら爪先にしゃぶり付き、順々に舌を潜り込ませて味わった。

「ああ……、くすぐったくて、いい気持ち……」

　尚美がうっとりと喘ぎ、彼の口の中で指を縮込めた。

彼は両脚とも味と匂いを貪り尽くすと、股を開かせて脚の内側を舐め上げていった。

ムッチリとした内腿をたどり、熱気と湿り気の籠もる中心部に顔を迫らせて見ると、すでにヌラヌラと蜜汁が溢れていた。

柔らかな茂みに鼻を埋めて嗅ぐと、ふっくらと生ぬるい汗とゆばりの蒸れた匂いが悩ましく鼻腔を掻き回してきた。

胸を満たしながら舌を這わせ、潤う膣口の淡い酸味のヌメリを掻き回し、じっくり味わってから柔肉をたどってオサネまで舐め上げていった。

「アアッ……、いい気持ち……」

尚美が身を反らせて喘ぎ、内腿でキュッと彼の両頬を挟み付けてきた。

航平はもがく腰を抱え込み、チロチロと舌先で弾くようにオサネを舐めては、泉のように溢れてくる淫水をすすった。

そして陰戸《いんこ》の味と匂いを堪能すると、彼は尚美の両脚を浮かせ、尻の谷間に迫った。

可憐な薄桃色の蕾に鼻を埋め込むと、顔中に弾力ある双丘が密着し、秘めやかに蒸れた匂いで鼻腔を満たした。

舌を這わせて細かに収縮する襞を濡らし、ヌルッと潜り込ませると、

「あう、駄目……」

尚美は言いながらも拒まず、モグモグと肛門で舌先を締め付けた。

彼は淡く甘苦い滑らかな粘膜を探り、ようやく脚を下ろして再び陰戸に戻ってヌメリをすすり、オサネに吸い付いた。

「も、もういいから入れて……、待って、私も舐めたいわ……」

尚美が息を弾ませて言い、彼の手を摑んで引き寄せた。

航平も引っ張られるまま、恐る恐る彼女の胸に跨がり、前屈みになって屹立した先端を鼻先に迫らせた。

尚美も幹に指を添えてチロチロと先端を舐め、張り詰めた亀頭にしゃぶり付いてきた。

彼は前に両手を突き、股間に熱い息を受けながら深々と尚美の口に押し込んでいくと、

「ンン……」

彼女は熱く呻いて吸い付き、クチュクチュと舌をからめてきた。

航平も快感に幹を震わせ、ジワジワと高まっていった。

尚美は、充分に唾液で濡らすと口を離し、航平も彼女の股間に戻った。

やはり疲れているのか、尚美は身を投げ出したままなので、あまり得意ではないが本手（正常位）で股間を進めていった。

幹に指を添え、先端を濡れた割れ目に擦り付けながら、もう迷うこともなく位置を定めた。

息を詰め、快感を味わいながらヌルヌルッと根元まで挿入すると、

「ああ……、いい……」

尚美がうっとりと喘ぎ、キュッと締め付けてきた。

彼は股間を密着させ、脚を伸ばして身を重ねながら、屈み込んで左右の乳首を含んで舐め回した。

顔中で膨らみの弾力を味わい、両の乳首を充分に味わうと、尚美の腕を差し上げて腋の下にも鼻を埋め込んで嗅いだ。

淡い腋毛は生ぬるく湿り、甘ったるい汗の匂いが悩ましく鼻腔を掻き回してきた。

彼は胸を満たし、尚美の首筋を舐め上げて唇を重ね、ネットリと舌をからめはじめた。

「ンン……」

尚美は熱く呻き、息で彼の鼻腔を湿らせながら両手でしがみつくと、ズンズンと股間を突き上げてきたのだ。

航平も抜けないよう気をつけ、合わせて腰を突き動かしはじめていった。

三

「アア……、いいわ、いきそうよ……」

尚美が口を離し、顔を仰け反らせて喘ぎ、突き上げを強めてきた。

航平も律動し、何とも心地よい肉襞の摩擦と締め付け、潤いと温もりに包まれながら絶頂を迫らせた。

尚美の喘ぐ口から吐き出される熱い息を嗅ぐと、やはり寝起きもあり花粉臭が濃厚に鼻腔を刺激してきた。

航平は抜ける心配も吹き飛び、いつしか股間をぶつけるように腰を突き動かしていた。動きに合わせてクチュクチュと湿った摩擦音が聞こえ、揺れてぶつかるふぐりも温かく濡れた。

果てそうになると動きを弱め、また再び激しく動いた。

なるほど、自分が上になると動きの緩急が付けられ、少しでも長く味わえるという利点を発見した。

「い、いっちゃう、気持ちいいわ……、アアーッ……！」

すると先に尚美が身を反らせて喘ぎ、ガクガクと狂おしい痙攣を開始して激しく気を遣ってしまった。収縮と潤いが増し、彼も巻き込まれるように続いて昇り詰めた。

「く……！」

突き上がる大きな絶頂の快感に呻き、朝一番の熱い精汁をドクンドクンと勢いよく注入した。

「あう、もっと……！」

噴出を感じ、駄目押しの快感を得たように尚美が声を上ずらせ、彼を乗せたまま強く腰を跳ね上げた。

航平は暴れ馬にしがみつく思いで動きを合わせ、心ゆくまで快感を味わいながら、最後の一滴まで出し尽くしていった。

すっかり満足しながら彼は徐々に動きを弱めてゆき、力を抜いて尚美にもたれかかっていった。

「アア……、良かったわ……」

尚美も声を洩らし、肌の強ばりを解いてグッタリと身を投げ出した。

まだ膣内が息づき、中でヒクヒクと幹が過敏に震えた。

そして航平は、喘ぐ彼女の口に鼻を押し込み、かぐわしく濃厚な吐息で鼻腔を満たしながら、うっとりと余韻を嚙み締めたのだった。

重なったまま呼吸を整えたが、あまり長く乗っているのも悪いので、彼はそろそろと身を起こして股間を引き離した。

尚美がチリ紙を手にして割れ目を拭い、彼も処理してから再び添い寝した。

もう外は、すっかり日が昇っている。

「姉から、婚約者のこと聞いた……?」

まだ息を弾ませ、ふと尚美が訊いてきた。

「ええ、あまり好きではなく、振り切ったということだけ……」

航平も答えた。

しかし婚約者とは、心は通い合わなかったようだが、ともかく肉体の方は開発されたのだろう。

「自分勝手だったわ。だから、足やお尻なんて舐められたのは航平が初めて。アソコもろくに舐めなかったし、そのくせ私には何度もおしゃぶりをさせたの」

「そうですか……」

「おしゃぶりのあとは、決してキッスしてくれなかったわ」

「そんなに汚い珍矛《ちんぽこ》だったのかな。僕なんて、自分の口が届いたらどんなに良いだろうと思ってるのに」

「あはは、航平は面白いわ。新公とは大違い」

「い、いま何と？」

航平は聞き返した。

「え？　何が？」

「その婚約者の名前です」

「思い出したくもないけど、大河原新助という男よ」

「え……！」

航平は驚いて飛び起きた。

「どうしたの」

「そ、その人、ゆうべ殺されました。僕と吟香先生が料亭を出たあと裏道で」

「何ですって！」

言うと尚美も驚いて身を起こした。

「詳しく話して！」

尚美が航平を見つめて言い、彼も彼女の反応を見ながら順々に説明した。

しかし彼の心の中は、もう尚美の肉体を知っている男はこの世で自分だけだという思いだった。

「そんなことがあったの……」

話し終えると尚美が嘆息して言った。

「大変な衝撃でしょうけれど、どうか気を確かに」

「ううん、心は痛んでいないわ。もう二度と会うつもりはなかったから。でも忙しくなりそう。実は今日も梅子さんと話の続きをするつもりだったけど、その前に新報へ寄って、麴町の家にも行くかも知れないわ」

尚美は、思ったほど沈痛な面持ちはせずに言いながら立ち上がった。

「悪いけど今日も留守番お願い。朝食も一人で楽善堂へ行ってね」

「分かりました」

言うと尚美はすぐ井戸端へ行って身体を流して歯磨きをし、部屋に戻って身繕いをした。

どうやら朝食は抜きで、まず新報へ出向くらしい。

家の鍵を置いて慌ただしく尚美が出ていくと、航平も厠へ行ってから身体を流して洋服を着込んだ。そして家を出て鍵を掛け、もちろん小脇には画帖を抱えている。

楽善堂の勝手口から入ると、桃子が一人で炊事していた。

「吟香先生は？」

「朝から警察に行ってます。じゃ尚美さんも事件で急いで出社？」

桃子が言い、彼は頷いて食卓に着いた。

出された朝食は、酢飯の混ぜご飯と吸物である。

「大変だったようですね」

「うん、僕の絵が少しでも役に立つと良いんだけど」

彼は言い、食事をした。

桃子も、あらかたの事情は知っているようだが、もちろん航平も、殺されたのが尚美の元婚約者というような、余計なことは言わなかった。

「今日はお店がお休みなんです」

桃子が茶を入れながら言う。

彼女は航平と同じ十八歳、実家は日本橋にある小間物屋らしい。

「そうか、今日は日曜か。どこかへ行くのかな？」

太陰暦が太陽暦に、つまり新暦になってから二十七年、一週間の曜日というものもすっかり定着していた。

「家に帰ると縁談話ばかりで嫌です。お買い物も特にないので、お洗濯とお掃除に伺いましょう」

働き者の桃子が言い、洗濯も掃除も昨日終えたところだが、美少女の来訪は嬉しいので航平は何も言わず茶をすすった。

四

「まあ、ずいぶん綺麗にしているんですね。お洗濯ものものないようだわ」

すぐ来てくれた桃子が、家の中を見回して言った。

「うん、留守番しているときは僕がしているし、尚美姉さんの部屋は勝手にいじれないからね」

「そうですね。じゃ少しお話ししたいです」

桃子が言うので、航平も自室に美少女を招いた。

座布団代わりに彼女を敷き布団に座らせ、自分は似顔描きに使っていた小さく汚い座布団に腰を下ろした。

「それで、相談があるんですけど」

「いいよ。でも同い年だからね、ざっくばらんな話し方でいいよ。まして桃ちゃんは、僕よりずっと長く立派に働いているんだから」

「そう、じゃそうするわね。私、実は尚美さんに憧れてるの。新時代で男とも対等に仕事をして、すごく颯爽としてカッコいいわ」

言った途端、桃子は本当にざっくばらんに話しはじめた。もともと明るく、話し好きで勝ち気なのかも知れない。

「うん、僕もそう思う」

「私もあんなお姉さんがいたらいいなと思うので、航平さんが羨ましいの」

「そう、それで？」

「家に帰ると縁談の話ばかりだけど、来年は二十世紀だし、私は昔みたいに夫の言いなりになって淑やかに家を守るなんて嫌だわ」

尚美や吟香の影響なのか、かなり桃子は進歩的な考えを持っているようだ。

それに当然、桃子の両親は旧幕時代の考えを引きずっているに違いない。

「うん、良いと思うよ。どんどん男を負かして生きていくといい」

「でも、その前に男と女のことも知ってみたいわ。尚美さんは許婚《いいなずけ》と付き合っていたけど、嫌になって捨てたと言うから、すごく素敵。いずれ親に言われて所帯を持つかも知れないけど、嫌ならさっさと止めたいわ」

熱を込めて話す桃子の、笑窪と八重歯が何とも可憐で、航平は差し向かいになりながらムクムクと股間が突っ張ってきてしまった。

「そう、男がどんなものか僕で良ければ試してみる？」

駄目元で言ってみると、すぐにも桃子が顔を輝かせた。

「いいんですか。誰にも内緒で」

「うん、もちろん僕の方こそ、尚美姉さんとか吟香先生に知られたら困るので」

彼が答えると、桃子は身を乗り出してきた。

「じゃ、脱いで見せて。男がどんなふうになってるか知らないので」

生娘が好奇心いっぱいに言い、とうとう彼は完全に勃起してきてしまった。

「待ってね、鍵を掛けてくるから」

航平は言って立ち、玄関を施錠してすぐ戻った。

そして期待と興奮に胸を高鳴らせながら、シャツとズボンを脱いでいった。

桃子も頬を染め、じっと息を詰めて見守っている。

「桃ちゃんも脱いで。僕だけじゃ恥ずかしいから」

「ええ、でも恥ずかしいな……」

「恥ずかしがっていちゃ対等の男女になれないよ。強い女は、ためらいなく脱いでしまわないと」

「そうね」

言うと彼女は立ち上がり、帯を解きはじめていった。

たちまち室内に、甘ったるい生娘の匂いが立ち籠めはじめた。

桃子が背を向けて脱いでいるので、航平は下帯も取り去り、全裸になって布団に仰向けになりながら彼女を見た。

いったん脱ぎはじめると桃子も手早く脱いでゆき、着物と襦袢、腰巻まで取り去ると一糸まとわぬ姿になった。

それでも羞恥に胸を隠しながら向き直り、布団に膝を突いた。

「いいよ、好きなように見て、触ってごらん」

航平が言うと、桃子も胸から手を離し、彼の全身を見回してから股間に視線が釘付けになった。

「すごい、こんなふうになっているの……」

彼女が息を詰めて言い、もう目が逸らせなくなっているようだ。

乳房はそれほど豊かではないが、形良く柔らかそうな膨らみを見せ、乳首と乳輪は初々しい桜色だ。

中肉中背で股間の翳りは楚々として淡く、太腿も尻もムッチリと張りがありそうだった。

航平が仰向けのまま大股開きになると、桃子はその真ん中に腹這うようにして顔を寄せてきた。

そして恐る恐る指を伸ばして肉棒の幹を撫で、ふぐりをいじってコリコリと二つの睾丸を確認し、袋をつまみ上げて肛門の方まで覗き込んだ。

「不思議だわ……」

桃子が言い、それでもいったん触れてしまうと度胸がついたか、再び幹を撫で上げて張り詰めた亀頭にも触れ、手のひらに包み込んで感触を確かめるようにニギニギと愛撫してくれた。

「ああ、気持ちいい……」

彼は無邪気な愛撫に喘ぎ、美少女の手のひらの中でヒクヒクと幹を震わせた。

「先っぽが濡れてきたわ。これが精汁？」

股間から、桃子が小首を傾げて訊く。

どうやら尋常小学校でも女子の仲間たちと、そんなことを話し合い、ある程度の知識はあるようだった。

「それは精汁じゃなく、気持ち良くなると滲む汁だよ。桃ちゃんも、自分でオサネをいじれば濡れてくるだろう。それと一緒だよ」

「そう……」

桃子が小さく頷くので、自分でいじることも経験済みのようだった。

「精汁は乳のように白くて、勢いよく飛ぶんだ」

「見せて」

「まだ駄目。一度すると力が抜けてしまうからね」

「今は、力があるからこんなに硬くなっているのね。陰戸に入れられるように」

やはり知識があるように桃子が言った。

「うん、それより桃ちゃんのも見せて。恥ずかしいだろうけど、強い女になりたければそれぐらい平気でないと。ここを跨いで座ってごらん」

下腹を指して言うと、

「座るの……？」

「男を跨ぐと度胸が付くからね」

さらに促すと、桃子も航平の股間から這い出して前進し、そろそろと彼の下腹に座り込んできた。

ほんのり生温かく湿った無垢な割れ目が下腹に密着し、彼は両膝を立てて桃子を寄りかからせた。

「両足を伸ばして、僕の顔に乗せて。男の顔ぐらい踏めないとね」

「まあ、そんなことを……」

言うとためらいつつ、桃子は恐る恐る両脚を伸ばし、両の足裏を彼の顔にそっと乗せてきた。

「ああ、変な感じ……」

桃子は息を震わせて言い、腰をくねらせるたび割れ目が擦り付けられた。

航平は、美少女の全体重を受け、まるで椅子にでもなったように陶然となりながら、桃子の足裏に舌を這わせた。

「あん、くすぐったいわ……」

桃子は声を洩らしたが、拒みはしなかった。

指の股に鼻を押し付けて嗅ぐと、やはり働き者の桃子の指は汗と脂に湿り、蒸れた匂いが濃く沁み付いていた。

航平は美少女の爪先を嗅ぎ、悩ましく鼻腔を刺激されてからしゃぶり付き、順々に指の股に舌を割り込ませて味わった。

「あう、駄目、そんなこと……」

桃子が驚いたように呻いたが、足を突き放すことはしなかった。

航平は両足とも味と匂いが消え去るまで貪り尽くすと、彼女の両足を顔の左右に置いた。

「じゃ前に来て顔に跨がって」

言うと桃子もすっかり息を弾ませ、腰を浮かせて前進してきた。

そして羞恥に膝を震わせながらしゃがみ込むと、白い内腿がムッチリと張り詰め、ぷっくりした無垢な割れ目が鼻先に迫り、生ぬるい湿り気が彼の顔中を包み込んできた。

神聖な丘に楚々とした若草が恥ずかしげに煙り、割れ目からは小振りの花びらがはみ出し、ヌラヌラと清らかな蜜に潤っていた。

そっと指を当てて陰唇を広げると、

「アア……、恥ずかしい……」

触れられた桃子がか細く喘ぎ、ビクリと反応した。

中を見ると、無垢な膣口が濡れて息づき、小さな尿口の小穴も見えた。

吟香が言っていた長寿の秘薬を思い出したが、こんな美少女のゆばりなら飲んでみたいと思ったものだ。

包皮の下からは、小粒のオサネが桃色の顔を覗かせている。

何と清らかな眺めだろうか。

航平は真下から、厠にしゃがむ格好をした桃子の股間を眺め、もう堪らず腰を抱き寄せてしまった。

淡い茂みに鼻を擦りつけて嗅ぐと、生ぬるく蒸れた汗とゆばりの匂いが馥郁《ふくいく》と鼻腔を刺激してきた。

「いい匂い」

「あん、嘘……」

嗅ぎながら思わず言うと、桃子が声を震わせ、思わずキュッと座り込みそうになりながら懸命に両足を踏ん張った。

彼は美少女の匂いを貪り、舌を這わせて陰唇の内側へ潜り込ませていった。

膣口の襞をクチュクチュ掻き回すと、ヌメリはほとんど味はないが、溢れる蜜ですぐにも舌の蠢きが滑らかになった。

そしてゆっくり味わいながら小粒のオサネまで舐め上げていくと、

「アアッ……！」

桃子が熱く喘ぎ、とうとうしゃがんでいられず両膝を突き、うつ伏せになって彼の顔の上で亀の子のように四肢を縮めた。

顔中に覆いかぶされ、チロチロと小刻みにオサネを舐めると蜜の分泌が格段に増してきた。

やがて航平は、味と匂いを堪能してから大きな白桃のような尻の谷間に潜り込んでいった。弾力ある双丘に顔中を密着させ、可憐な薄桃色の蕾に鼻を埋めると秘めやかに蒸れた生々しい微香が籠もっていた。

彼は匂いを貪り、舌を這わせてヌルッと潜り込ませた。

「あう……、何を……」

桃子は朦朧となり、何をされているかもよく分かっていないように呻くと、キュッときつく肛門で舌先を締め付けた。

航平は滑らかな粘膜を舌で探り、充分に蠢かせてから、再び割れ目に戻って大量の蜜をすすり、オサネに吸い付いていった。

五

「も、もう駄目……、変になりそう……」

桃子が喘いで言い、むずかるように腰をくねらせた。

航平も舌を引っ込め、彼女を添い寝させていった。そして仰向けにさせた彼女の胸に屈み込み、初々しい乳首に吸い付いた。

「アア……」

桃子は正体をなくしたように身を投げ出して喘ぎ、クネクネと身悶えていた。

彼は含んだ乳首を舌で転がし、顔中で張りのある膨らみを味わった。

もう片方の乳首も吸って舐め回し、左右とも充分に愛撫すると、腕を差し上げて腋の下にも鼻を埋め込んだ。

生ぬるく湿った和毛《にこげ》には、濃厚に甘ったるい汗の匂いが籠もり、彼はうっとりと酔いしれて胸を満たした。

そして這い上がり、桃子に唇を重ねていった。

生娘の唇は柔らかく、唾液の湿り気が感じられ、彼は味わいながら息で鼻腔を湿らせ、そろそろと舌を挿し入れていった。

滑らかな歯並びと八重歯を舌で探ると、怖ず怖ずと歯が開かれたので奥まで侵入した。

舌が触れ合うと、奥へビクッと避難しかけたが、執拗に絡み付けると、徐々に桃子の舌もチロチロと蠢いた。生温かな唾液に濡れ、滑らかに蠢く舌は何とも美味しかった。

舌をからめながら指で濡れた割れ目を探り、蜜汁の付いた指の腹でオサネを擦ると、

「ああっ……！」

桃子が息苦しくなったように口を離し、内腿で彼の手を締め付けながら熱く喘いだ。

航平は、指先で小さな円を描く様にオサネを刺激し、喘ぐ口に鼻を押し込んで息を嗅

いだ。

熱く湿り気ある美少女の吐息は、まるで彼女の名の如く桃の実でも食べたあとのように、甘酸っぱく濃厚な果実臭が含まれていた。

彼はうっとりと嗅いで鼻腔を刺激されながら、小刻みに同じ動きを繰り返してオサネを愛撫した。

「い、いっちゃう……、アアーッ……！」

とうとう桃子は声を上ずらせ、身を反らせて硬直するなりガクガクと狂おしい痙攣を開始して気を遣ってしまった。

航平は、桃子がグッタリすると指を離し、身を起こして彼女の股間に顔を潜り込ませた。大洪水になっているヌメリをすすり、恥毛に籠もる芳香を貪りながら舌を這わせると、

「こ、航平さん……、入れて……」

桃子が荒い息遣いでせがんできた。どうあっても、この好奇心娘は最後まで体験したいようである。

航平も身を起こして股間を進め、彼女を大股開きにさせた。

幹に指を添え、先端を濡れた割れ目に擦り付けて潤いを与え、位置を定めるとゆっくり挿入していった。

生まれて初めて、生娘を抱いているのである。

張り詰めた亀頭がズブリと潜り込むと、あとは潤いに任せヌルヌルッと根元まで潜り込ませた。

「あう……！」

桃子が眉をひそめて呻き、それでも互いの股間がピッタリと密着した。

中は熱いほどの温もりが満ち、さすがに締め付けは他の誰よりもきつかった。

航平は感触を味わい、生娘を攻略した感激に浸った。

中でヒクヒクと幹を震わせ、徐々に腰を突き動かしはじめたが、

「アア……」

桃子が顔を仰け反らせて喘いだ。

やがて彼も、少し動いただけで止め、そろそろと引き抜いていった。

初物は頂いたが、このうえ中に射精して孕《はら》ませてもいけないと思ったのだ。

生娘でなくなったばかりの陰戸を覗き込むと、痛々しく花びらがめくれていたが、

短い間だったので出血は免れたようだ。

航平は、再び彼女に添い寝した。

「痛かった？」

「ええ……、まだ中に何かあるみたい……」

訊くと、桃子が異物感に腰をよじらせて答えた。

「中に、出さなかったのね……？」

「ああ、孕んだりしたら吟香先生に叩ッ斬られるかも知れないからね」

彼は答え、それでも快楽への欲求は後戻りできなかった。

「ね、指でして……」

航平は彼女に腕枕してもらい、片方の手で一物を愛撫してもらった。

桃子も、破瓜の痛みの残る中でニギニギと無邪気にしごいてくれ、航平は彼女の顔を引き寄せて桃臭の吐息に酔いしれた。

「唾を垂らして、いっぱい……」

彼が長寿の秘薬をせがむと、桃子も懸命に唾液を分泌させると、愛らしい唇を迫らせてくれた。そして白っぽく小泡の多い唾液をトロトロと吐き出してくれたのだ。

それを舌に受け、うっとりと喉を潤すと甘美な悦びが胸に広がった。

「美味しい、もっと……」

「味なんてないと思うけど……」

桃子は不思議そうにしながら、さらに垂らしてくれた。指の動きが止まると幹を震わせてせがみ、また愛撫が再開された。

「い、いきそう……、嫌でなかったら、お口で可愛がってくれる?」

言うと桃子はこっくりし、腕枕を解いて彼の股間に移動した。

近々と先端を見つめ、

「これが入ったのね……」

桃子は呟き、幹に指を添えて口を寄せると、粘液が滲んでいるのも厭わずチロリと鈴口を舐めてくれた。

「ああ、気持ちいい……」

航平は神聖な舌の刺激に、幹を震わせて喘いだ。

桃子も張り詰めた亀頭をしゃぶり、含んで吸い付くと上気した頬に笑窪が浮かんだ。

口の中ではチロチロと舌を蠢かせ、たまに触れる歯の刺激も新鮮だった。

「深く入れて……」

言うと桃子も小さな口を精いっぱい丸く開き、喉の奥までスッポリと呑み込んでくれた。快楽の中心部が、美少女の温かく濡れた口腔に含まれ、彼は快感に任せズンズンと小刻みに股間を突き上げはじめた。

「ンン……」

喉の奥を突かれた桃子が小さく呻いたが、合わせて顔を上下させ、濡れた口でスポスポと摩擦してくれた。

熱い鼻息が恥毛をくすぐり、生温かな唾液にまみれた肉棒が絶頂を迫らせて脈打った。

「い、いく……、アアッ……！」

たちまち航平は大きな絶頂の快感に全身を貫かれて喘ぎ、ありったけの熱い精汁をドクンドクンと勢いよくほとばしらせてしまった。さすがに美少女の口を汚す躊躇いはあったが、それが大きな快感に拍車を掛けた。

「ク……」

喉の奥を直撃された桃子が驚いたように呻き、それでも口は離さないでいてくれた。

航平は股間を突き上げながら快感を嚙み締め、心置きなく最後の一滴まで出し尽くしてしまった。

「ああ……」

彼が声を洩らし、グッタリと身を投げ出すと、桃子も動きを止め、チュパッと軽やかな音を立てて口を離した。

「飲んでも毒じゃないからね」

激しい息遣いと動悸に包まれながら言うと、桃子も意を決してコクンと飲み込んでくれた。そしてなおも雫の滲む鈴口に迫り、

「これが精汁なのね。生臭いわ……」

しげしげと観察して言う。そして幹を撫で、白濁の精汁の滲む鈴口をペロリと舐めてくれた。

「あう……」

「味はないわね……」

彼が呻いても、桃子は物怖じせずに観察を続け、舌で先端を綺麗にしてくれたのだった。

「も、もういい、有難う……」

航平は刺激に呻いて言い、過敏になった幹をヒクヒク震わせた。

一物が、満足げに強ばりを解いていくと、

「柔らかくなってきたわ……」

桃子は言い、ようやく顔を上げて再び添い寝してきた。

航平は美少女に甘えるように腕枕してもらい、胸に抱かれながら温もりの中で余韻に浸り込んだ。

桃子の吐息に精汁の生臭さは残っておらず、さっきと同じ可愛らしく甘酸っぱい匂いがしていた。

第四章　熟れ肌の悩ましき匂い

一

「ね、一人ならうちでお昼ご飯食べてって。朝の余りだけど」

身繕いをした桃子が、笑窪を見せて航平に言う。

互いに井戸端で身体を洗い流したあとだ。彼も、桃子が全く後悔している様子を見せないので安心したものだった。

「うん、じゃそうさせてもらおうかな」

航平も答え、画帖を持って二人で家を出た。まだ昼少し前だが、早めに昼飯を終えてスケッチの散策に出ようと思った。

何しろ、少しでも多く絵を描いて役に立ち、尚美の好意に応えたいのである。

そして自分には、絵の他に何も出来ないのだと思った。

楽善堂の勝手口から入ると、何と吟香が飯を食っていた。

「おう、昼飯かね。儂は朝昼兼用だ」

「朝からお疲れ様です」

吟香が言い、彼も席に着いた。すぐに桃子が、彼の分の混ぜご飯と漬け物を出してくれた。

「仙蔵はどうなりましたか」

「まだ捕まらん。どこかに姿を隠したのだろうが、なあに、顔の知られた札付きだ。いくらも逃げおおせるものじゃない」

吟香は丼を空にし、箸を置いて言うと、桃子が茶を入れた。

「そうそう、仙蔵の似顔な、徹夜で印刷して町中に貼られている。死んだ大河原の家は名門だからな、父親が金を惜しまず下手人捜しに協力している」

「そうなんですか」

「ああ、どんなに有名な画家の絵よりも、今は君の絵が一番多くの人たちの目に止まっているぞ」

言われて航平は面映ゆかった。

「さて、じゃまた出かける。桃ちゃん、今日はゆっくり休みなさい」

茶を飲んだ吟香が立ち上がって言い、慌ただしく出ていった。

事件のことなのか他の用事なのか、とにかく吟香は忙しいらしい。

航平も食事を終えて茶を飲み、画帖を抱えて腰を上げた。

「じゃ僕も出るね」

「ええ、私はお部屋で休むことにします」

彼が言うと、桃子が頬を染めて答えた。やはり衝撃の体験だったので、一人ゆっくり感慨に耽りたいのだろう。

外に出ると、航平は良い景色を探して銀座の町を歩き回った。

確かにあちこちの電柱や塀には、航平の描いた仙蔵の似顔が貼ってあった。

多少印刷は粗《あら》く、折り曲げた十字線も入っているが、充分に特徴は出ているだろう。

すると正午を告げる午砲《どん》が、丸の内の方から聞こえてきた。

（え？　あれは……）

ふと見ると、仙蔵の子分であるズングリが、着流しで大荷物を抱え、急ぎ足に歩いているではないか。

もちろん奴は何日も前の航平の顔など覚えていないだろうし、信玄袋から巾着を盗んだことを咎めても白を切るだけに決まっている。それ以前に、彼に咎めるような度胸はない。

とにかく航平は、ズングリの後をつけた。風呂敷包みから酒徳利の口が覗いているし、他は食い物のようだ。

（隠れている仙蔵への差し入れじゃないかな……）

航平は思い、見失わないように尾行した。

ズングリは、裾を揺らしてスタスタと迷いなく進み、やがて町外れにある乗合馬車の詰め所の脇から路地に入った。馬車は出払い、隅に痩せた馬が一頭だけ飼い葉を食《は》んでいた。

航平も路地に入って恐る恐る奥へ進むと、一軒の廃屋があった。

元は隠居所だったらしく洒落た造りだが、今は柱は傾き、障子も破れ放題。それでも野宿よりましというところか。

間違いなくズングリは、周囲を見回してから廃屋に入っていった。

身を隠していた航平は、それだけ見届けると引き返して通りに出ると、ちょうどそこに巡査の姿が見えた。

例の髭の中年男だが、もう一人、和服の裾をからげて鳥打ち帽を被った目の鋭い四十前後の男も一緒だ。

「あの」

ためらいなく航平が声を掛けると二人がジロリと睨《にら》んだので、どうやら鳥打ち帽は刑事らしい。

「何だ？　おう、どこかで見た顔だが、ああ、高宮少将のご子息……」

巡査は思い出したようだ。

しかし大河原新助の殺害現場にも航平はいたが、彼は事件に専念し、その夜の航平のことは覚えていないようだ。

刑事の方は、少将の息子が何を昼間からブラブラしている、という胡散《うさん》臭げな目つきで航平を睨んでいた。

初夏なので、刑事特有の角袖外套は着ていない。ちなみにカクソデを縮めて逆にし、刑事をデカというようになったと言われる。

「仙蔵の子分が、奥の空き家に入りました。酒と飯を運んだようで」

「何！」

言うと巡査が目を丸くし、刑事が航平に詰め寄った。

「お前、仙蔵の知り合いか」

「いや、仙蔵の顔の絵を描いたのは僕なんです」

「なに、そうか！」

刑事もようやく構えを解いた。

そして巡査に応援を頼み、彼がサーベルを摑んで駆けていくと、刑事は航平を従えて馬車の控え所の路地を進んでいった。刑事の顔が恐いのか、痩せた馬がヒヒンと鳴いた。

「俺は来栖《くるす》だ。お前は」

「航平。岸田吟香先生の薬屋の裏に住んでます」

「そうか。仙蔵の子分をなぜ知ってる」

「町で似顔描きをしていたとき、巾着を盗まれました。あ、あの家です」

航平が指すと、来栖は廃屋を見回し、周囲の路地の様子を確認した。

食い物を運んだばかりなので、仙蔵もしばらくは移動しないだろう。

「よし、応援が来るまで待機だ。子分の名は知っているか」

「いえ、でもズングリ男の顔なら描けます」

航平は言うなり画帖を開き、鉛筆を手にズングリの顔をサラサラと描いた。

ズングリは眉の太い角刈りで、仙蔵と同じぐらい、特徴のある描きやすい顔である。

ものの二分で特徴だけ描き、破いて来栖に渡した。

「ほう、見事なもんだな。これは確か仁吉《にきち》か。仙蔵の腰巾着だな」

来栖は絵を見て感心し、すぐ名が分かったようだ。

そして意外に丁寧に絵を丸めて懐に入れると、袂から煙草と燐寸《マッチ》を出してくわえた。

巴牡丹《ともえぼたん》という銘柄で二十本入りが四銭、紙巻き煙草の走りである。

ちなみに先々月（明治三十三年、三月）に、二十歳未満の喫煙禁止が制定されたばかりだった。

来栖は火を点けて紫煙を吐き出し、その間も油断なく廃屋に目を遣っていた。

いくらも待たないうち、巡査たちが棒を持って駆けつけてきた。

髭の巡査を先頭に、総勢六人ばかりだ。みな仙蔵を探して市中を巡邏《じゅんら》していたのだろう。

「二人ずつ、裏と左右の路地を固めろ」

来栖が捨てた煙草を踏み消して言うと、皆は足音を忍ばせながら素早く配置に就いた。

「さあ、捕り物だ。下がっていてくれ」

「はい」

言われて航平が後退すると、来栖はためらいなく荒れ果てた玄関から踏み込んでいった。

「仙蔵だな。御用の筋である！」

中から、来栖の古風な言い回しが聞こえてきた途端、ドタバタと騒然となった物音が響き、

「ち、畜生ーッ……！」

仙蔵の胴間声もそれに交じった。その物音に、裏手からも二人が踏み込んだようで、左右の路地を固めていた四人も玄関に向かった。

すると、すぐ後ろ手に関節を決められた仙蔵が来栖の手によって引き出され、巡査がそれを捕縄した。

何とも呆気ない捕り物だったが、航平は画帖を開いて仙蔵が捕縛される表情、来栖や巡査たちの様子を素描していた。

どうやらものを食いながら酒を飲み、移動は夜になってからと考えていたらしく、仙蔵は油断しまくっていたのだろう。

しかし仁吉というズングリの姿はないので、差し入れのあと、航平が巡査を探している間に別の路地から退散していたようだった。

喚いていた仙蔵も巡査にブン殴られ、身動きできなくなると観念して大人しくなった。

「あ、あいつが生意気な口をきくからいけねえんだ……」

仙蔵が言うあいつとは、大河原新助のことだろう。

「だからって胸を一突きはないだろう」

「はずみだ、あんなもん、胸を狙ったわけじゃねえ」

巡査に言われ、仙蔵は顔を歪めながら連行されていった。

「お疲れ様でした。この絵、新聞社に持ち込んで構いませんか」

来栖がこちらを見たので、航平は絵を見せて言った。

「ほう、もう描いたのか。大したものだ。ああ、好きにしてくれ。奴の居所、よく知らせてくれた」

汗一つかいていない来栖は初めて笑みを洩らし、やがて連中と一緒に立ち去っていった。

そして航平は、そのまま明治新報へと足を運んだのだった。

二

「仙蔵が捕まりました」

二階に上がると、やはり主筆の文二郎が一人だけいたので航平は言った。

「なに、そうか！」

「これが捕り物の時の絵です」

腰を浮かせた文二郎に航平が絵を差し出すと、彼は目を丸くした。

「おお！　現場に居合わせたのか！」

「仁吉という仙蔵の子分が空き家に差し入れするとき、たまたま僕が見ていて巡査に報せたんです」

「それはいい。当社のお抱え画家が犯人を見つけたと記事にしよう。この絵と一緒にな」

「本当ですか。じゃもっと丁寧に描き込みますね」

顔を輝かせて言う文二郎に答え、航平は空いた机を借り、修整を加えながら背景まで描き込みはじめた。

「巡査は何人いた？」

巨漢の文二郎が立って、坊主頭を興奮に紅潮させ、航平の絵を覗き込みながら言う。

「巡査が六人と、来栖刑事です」

「来栖さんか、あれはやり手だからなあ。同心の家に生まれて、親から捕縛術も仕込まれていた。それで仁吉は？」

「いませんでした。奴の似顔も来栖さんに渡しておきましたので」

「うん、上出来だ。場所は？」

「乗合馬車の、溜まり場の裏にある空き家です」

「そうか、わかった」

文二郎は答え、なおも彼の鉛筆さばきを見ていた。

「尚美姉さんは？」

「ああ、今日も女子英語塾に行っていて、帰りは麴町の実家に寄るようだ。何しろ元許婚が殺されたんだからな」

文二郎が言う。やはり尚美の事情は知っていたようだ。

「落ち込んだ様子はなかったですか？」

「生き生きしとるよ。元々好きでも何でもない、勝手に親が決めた気障野郎だったようだからな」

文二郎が言い、航平も安心した。

しかし、それでも自分にとって最初の男だから、尚美も内心は思うところがあるに違いない。ただ、それ以上に記者としての活力が漲《みなぎ》っているのではないだろうか。

「出来ました。これでどうでしょう」

「あはは、来栖さんそっくりだな」

仕上げた絵を渡すと、文二郎も大満足の様子で受け取った。

「他に御用はありませんか」

「ああ、いい。ご苦労さん。俺はこれから記事を書く」

「では失礼します」

航平は画帖を閉じて一礼し、明治新報を出た。

町では、署に言われた人が、貼られた仙蔵の似顔を剝がして回っている。

代わりに仁吉の顔の絵を貼ることはないようだ。仁吉は単なる腰巾着で、仙蔵ほどのお尋ね者ではないのだろう。

とにかく航平は、少しでも自分が役に立ったことが嬉しかった。

やがて休業中の楽善堂の脇を通り、彼は家に帰った。

まだ捕り物の興奮がくすぶり、スケッチ散策も明日からで良いだろうという気になってしまった。

そして鉛筆を削ってから手だけ洗い、洋服を脱いで全裸になると、また浴衣を着込んで部屋の布団に座った。

尚美が帰ってくれば話すことは山ほどあるし、また情交出来るだろう。

それを思うと勃起してしまったが、もちろん自分で抜いたら勿体ないので我慢することにした。

考えてみれば、ここへ来て全く自分で処理していない。それだけ、次から次へと多くのことが起きるのである。

すると玄関が開いた。

尚美にしては早いなと思って出ると、何と貴子である。

「いて良かったわ。上がるわね」

彼女は玄関に鍵を掛けて上がり込んできた。航平も、妖しい期待に胸を高鳴らせながら自室に招き入れた。

すると、また貴子が風呂敷を解いて紙包みを差し出した。

「今夜は、尚美はうちへ泊まることになったので、夕食を持って来たわ」

「そ、それはわざわざ有難うございます。やっぱり、尚美姉さんも通夜に出るんでしょうか」

「ええ、もう尚美は関係ないのだけど、父と大河原氏は懇意だから、手伝いぐらいしに行かないと」

「そうですか」

「早々と結婚させなくて良かったわ。若後家になるところだったのだから」

「ええ。それより犯人の仙蔵が捕まりました」

「そのようね。来る途中で俥から見ると、似顔の貼り紙が剝がされていたから。あれ、航平が描いたのよね」

貴子からも呼び捨てにされると、何やら胸の奥がゾクゾクと歓喜に震えた。

「ええ、捕り物の様子も描いたので、近々明治新報に載ります」

「そう、それより今夜は一人で寂しいだろうけど我慢しなさい」

貴子は、あまり絵や捕り物には興味なさそうで、彼に熱っぽい眼差しを向けて言った。

「え、ええ、すぐ帰らないといけませんか……？」

「まだ大丈夫、明るいうちなら」

言うと彼女が答え、互いの淫気が伝わり合うようだった。

「じゃ少しだけ……」

「何が少しだけ？」

貴子がからかうように言い、艶然と笑みを洩らした。

「こないだみたいなこと、もし嫌でなければ……」

「ええ、嫌じゃないわ。もうあまりお乳は出なくなっているけど、じゃ脱ぎましょうね」

貴子が言い、航平は激しく勃起しながら頷き、手早く帯を解いて浴衣を脱ぐとたちまち全裸になってしまった。

「まあ、もうこんなに。待ってね」

彼の股間を見て言い、貴子も立ち上がって帯を解きはじめた。

横になりながら、脱いでゆく貴子を見て航平は興奮を高めていった。

彼女も手際よく、しかも優雅に帯と紐を解き、着物と襦袢、足袋まで脱いでいった。

生ぬるく甘ったるい匂いが立ち籠め、彼女は腰巻まで脱ぎ去り、一糸まとわぬ姿になって横になってきた。

航平は身を起こし、仰向けになった貴子の足裏から舌を這わせていった。

「アア、そんなところから舐めたいの……？」

貴子は驚きもせず喘いで言い、されるまま身を投げ出してくれた。まるで愛玩動物の悪戯を、好きにさせているような感じである。

彼は美人妻の踵から土踏まずを舐め回し、形良く揃った足指の間に鼻を押し付けた。

今日も何かと忙しく立ち回っていたのか、蒸れた匂いが濃く沁み付いて鼻腔が刺激され、彼は充分に嗅いでから爪先にしゃぶり付き、生ぬるい汗と脂の湿り気を味わった。

「あう……、いい気持ち……」

指の股に舌を割り込ませると、貴子がうっとりと言い、指先で舌を挟み付けてきた。

航平は両足とも味と匂いが薄れるほどしゃぶり尽くすと、股を開かせてスベスベの脚の内側を舐め上げていった。

白くムッチリと量感ある内腿をたどって股間に迫ると、

「アア……」

期待に貴子が熱く喘ぎ、ヒクヒクと下腹を波打たせた。

見ると熟れた割れ目は大量の蜜汁に潤っているので、どうやらここへ向かう頃から濡れはじめていたのだろう。

航平も彼女の中心部に鼻と口を埋め込み、柔らかな茂みに籠もる汗とゆばりの蒸れた匂いを貪り、胸を満たしながら舌を這わせていった。

三

航平が膣口の襞をクチュクチュ掻き回して淫水を味わい、大きなオサネまでゆっくり舐め上げていくと、貴子が喘ぎながら内腿でキュッときつく彼の顔を挟み付けてきた。

「ああっ……、いいわ……」

彼は悩ましい匂いに酔いしれながらオサネに吸い付き、充分に味わってから彼女の両脚を浮かせて、白く豊満な尻に迫った。

谷間の、檸檬の先のように突き出た色っぽい蕾に鼻を埋め、顔中で双丘の弾力を味わいながら、秘めやかに蒸れた匂いを貪り、舌を這わせてヌルッと潜り込ませた。

「あう……」

貴子が呻き、モグモグと味わうように肛門で舌を締め付けた。

航平も執拗に舌を蠢かせ、滑らかな粘膜を探っていると、鼻先の割れ目から白っぽい淫水がヌラヌラと溢れてきた。

脚を下ろし、再びヌメリをすすってオサネに吸い付くと、彼は唾液に濡れた肛門に左手の人差し指を浅く差し入れ、右手の二本の指を濡れた膣口に潜り込ませていった。

それぞれの内壁を小刻みに指の腹で摩擦し、膣内の天井にある膨らみも圧迫しながらオサネをしゃぶると、

「も、もう駄目……」

貴子は前後の穴できつく指を締め付けながら、最も感じる三点攻めに嫌々をして言った。どうやら今日も欲求が溜まっていて、あっという間に絶頂が迫ってきたらしい。

ようやく航平も口を離し、前後の穴からヌルッと指を引き抜いた。

「く……」

貴子が呻き、指が離れると力が抜けたようだった。

膣内にあった二本の指は、間に膜が張るように淫水にまみれ、指先は湯上がりのようにふやけてシワになっていた。

肛門に入っていた指に汚れの付着はなく、爪にも曇りはないが嗅ぐと生々しい微香が感じられた。

すると貴子が身を起こし、彼を仰向けにさせて股間に顔を寄せた。

そして幹を指で支えると、粘液の滲む鈴口にチロチロと舌を這わせ、張り詰めた亀頭にもしゃぶり付きながら股間に熱い息を籠もらせた。

そのままスッポリと喉の奥まで呑み込まれると、

「ああ、気持ちいい……」

航平は生温かく濡れた口腔に包まれて喘いだ。

「ンン……」

貴子も熱く鼻を鳴らし、息で恥毛をそよがせながら上気した頬をすぼめて吸い付き、クチュクチュと舌をからめてたっぷりと唾液にまみれさせてくれた。

さらに顔を小刻みに上下させ、スポスポと濡れた口で強烈な摩擦を繰り返されると、

「い、いきそう……」

すっかり高まった航平が降参するように言った。

すぐに貴子はスポンと口を離し、身を起こして前進すると彼の股間に跨がってきた。

幹に指を添え、先端に陰戸を押し当てると、息を詰めてゆっくり腰を沈み込ませていった。

たちまち彼自身は、ヌルヌルッと滑らかな肉襞の摩擦を受けながら、根元まで完全に呑み込まれてしまった。

「アア……、いいわ……」

ぺたりと座り込んだ貴子が、顔を仰け反らせて喘いだ。

そして味わうようにキュッキュッと締め付け、密着した股間をグリグリ擦り付けながら身を重ねてきた。

航平も両手を回して抱き留め、両膝を立てて豊満な尻を支えた。

潜り込むようにしてチュッと乳首を含み、舌で転がすと収縮が増した。

左右の乳首を交互に吸って舐め回し、顔中で柔らかく豊かな膨らみを味わうと濃厚に甘ったるい匂いが彼の顔中を包み込み、生ぬるく薄甘い乳汁が舌を濡らしてきた。

前回よりも出は悪くなっているので、本当にそろそろ出なくなる時期なのだろう。

それでも航平は味と匂いを貪り、うっとりと喉を潤して甘美な悦びで胸を満たした。

両の乳首を味わい尽くすと、彼は貴子の腋の下にも鼻を埋め、生ぬるく湿った腋毛に籠もる、濃厚な甘ったるい汗の匂いで鼻腔を掻き回された。

そして上からピッタリと唇を重ねて舌を挿し入れると、

「ンン……」

貴子も舌をからめ、熱く鼻を鳴らして彼の鼻腔を湿らせた。

航平が生温かな唾液を味わっていると、彼女がズンズンと腰を跳ね上げはじめたが、すぐに止め、

「まだ勿体ないわ。一度離れるわね」

口を離し、唾液の糸を引きながら言う。彼は濃厚な白粉臭の息を嗅いで陶然となったが、貴子が股間を引き離してしまった。

そして彼を起こすと、自分は四つん這いになり、大胆に白く豊満な尻を突き出してきた。

「後ろから入れてみて」

彼女は、夫には求められないことをせがみ、航平も身を起こして尻に迫った。

両膝を立てて股間を寄せ、後ろから先端を膣口に押し当てて、ゆっくり挿入していった。

ヌルヌルッと根元まで押し込むと、股間に丸い双丘が密着して何とも心地よかった。

「アアッ……！」

貴子が白い背中を反らせて喘ぎ、再びキュッキュッと締め付けてきた。

航平も尻を抱えてズンズンと腰を前後させ、背に覆いかぶさり、両脇から回した手で豊かな乳房を揉みしだいた。

髪の匂いを嗅ぎながら摩擦快感にうっとりとなり、股間に当たって弾む尻の感触は心地よいが、やはり顔が見えないのが物足りない。

すると貴子の方から、

「抜いて……、今度は横から……」

言うので航平が身を起こして股間を引き離すと、彼女は横向きになり、上の脚を真上に差し上げたのである。

彼も貴子の下の内腿に跨がり、再び挿入すると上の脚に両手でしがみついた。

「ああ、いい気持ち……」

横向きになった貴子が、松葉くずしの体位で喘いだ。

航平も、一物のみならず擦れ合う内腿の滑らかな感触が心地よかった。

しかも互いの股間が交差しているので密着感が高まり、彼は股間をぶつけるように動き続けた。

しかし、やはり顔が遠いので物足りなく思うと、

「上になって……」

貴子が言って仰向けになってきた。航平も身を離し、全ての体位を体験してから、仕上げは本手（正常位）で挿入していった。

「アア、もう抜かなくていいわ……」

のしかかると貴子が言い、両手を回してしがみついてきた。

彼も股間を密着させ、温もりと感触を味わいながら屈み込むと、また乳汁の雫の滲んだ両の乳首をしゃぶり、甘ったるい匂いに包まれた。

また貴子が待ちきれないようにズンズンと股間を突き上げてきたので、彼も抜けないよう合わせて腰を遣いはじめ、何とも心地よい肉襞の摩擦に絶頂を迫らせていった。

「ああ……、いきそうよ、もっと強く突いて、何度も奥まで……」

貴子が濃厚な白粉臭の吐息で喘ぎ、彼は鼻腔を掻き回されながら股間をぶつけるように突き動かした。

するると収縮と潤いが増し、

「い、いっちゃう……、いいわ、アアーッ……！」

貴子が声を上ずらせて喘ぎ、彼を乗せたままガクガクと狂おしく腰を跳ね上げはじめたのだ。

航平も懸命に動きを合わせ、収縮に巻き込まれるように昇り詰めてしまった。

「く……！」

突き上がる大きな絶頂の快感に呻き、ありったけの熱い精汁をドクンドクンと勢いよく注入した。

「あう、もっと……！」

噴出を感じ、駄目押しの快感を得た貴子が呻き、さらにキュッキュッと味わうように締め付けを強めてきた。

航平は心ゆくまで快感を嚙み締め、最後の一滴まで出し尽くしていった。

そして満足しながら力を抜き、豊満な熟れ肌にもたれかかった。

まだ膣内は名残惜しげな収縮が艶めかしく繰り返され、中でヒクヒクと幹が過敏に震えた。

彼は体重を預け、熱く喘ぐ貴子の口に鼻を押し込み、濃厚な吐息を嗅ぎながらうっとりと余韻を味わったのだった。

四

「じゃ私は帰るわね。また尚美のいない頃合を見計らって来るわ」

身繕いを終えた貴子が、尚美の部屋の鏡を見て髪を直しながら航平に言う。

井戸端で股間も洗わず、ちり紙で拭いただけなので、屋敷に帰ってから入浴するのだろう。

もうすっかり日も傾いていた。

やがて貴子が帰っていくと、航平は玄関を施錠し、部屋で貴子の土産である夕食の折詰めを開いた。

「うわ、旨そう……」

開けると牛肉に卵焼き、煮物に漬け物、胡麻の振った飯が入っていた。

あっという間に食い終え、彼は水を飲んだ。

日も暮れ、夜はすることもないので、少し尚美の部屋にあった本を読んでから寝ることにした。

初めて一人で一夜を過ごすのは、やはり寂しかった。

もちろん自分で処理するようなことはしない。今日も貴子と濃厚な一回が出来たのである。

それでも淫気がくすぶり、彼は尚美の匂いの沁み付いた布団で寝てしまったのだった……。

——翌朝、顔を洗って厠を済ませると、航平は楽善堂の厨で朝食を頂いた。

桃子が出してくれたのは、また卵かけご飯と海苔と昆布の佃煮、漬け物と浅蜊《あさり》の味噌汁だった。

食っていると、そこへ尚美が帰ってきたのである。

「おはよう、桃ちゃん、私にもお願い」

尚美が元気よく言うと、桃子も彼女の分の朝食を仕度した。

どうやら屋敷で一夜を過ごし、朝食も食わずに慌ただしく銀座へ帰ってきたようだ。

新助の通夜を終えたような、打ち沈んだ様子は微塵も見受けられない。

「仙蔵が捕まったって？　しかも航平の手柄で」

すでに知っているらしく、尚美が向かいから勢い込んで言った。

「え、ええ、子分が差し入れするところを見たものだから巡査に報せたんです」

「そう、お手柄だわ。さっき主筆に聞いたばかりなの。航平が描いた捕り物の絵も載せるって」

尚美が、伊達メガネのレンズ越しに熱っぽく彼を見て言う。

朝早くから明治新報にも寄ったらしいが、どうも文二郎は社屋に泊まり込んでいるのだろう。

「梅子さんへの取材も終えたし、記事も家で仕上げてしまったわ」

「そうですか、お疲れ様です」

「で、今日は主筆に言われて、浅草へ一緒に行くわよ」

「それは嬉しいです」

航平も顔を輝かせて答えた。上京してから銀座ばかりで、まだ浅草にも行っていなかったのだ。

「十二階の十周年ですって」

「そう、良い絵が描けそうです」

十二階は、凌雲閣《りょううんかく》と言い、東京市内で最も高い建物である。

やがて朝食を終えて茶を飲むと、尚美は家にも寄らず、そのまま航平と楽善堂を出て新橋まで歩き、馬車鉄道に乗って浅草へと行った。

降りて浅草公園に行くと、さすがに朝から人が賑わい、瓢箪池《ひょうたんいけ》の向こうに聳《そび》える凌雲閣が見えてきた。

航平は画帖を開き、凌雲閣を素描した。輪郭だけ描けば、記憶したのであとから細部を描き込めば良いだろう。

池を迂回すると、多くの店が出て色とりどりの幟《のぼり》が立っていた。

レンガ造りの凌雲閣は高さ一七三尺（約五十二メートル）、行くと尚美が入場料の八銭を二人分払ってくれ、二人は中に入った。

十周年と言うことだが、特にお祭りのようなことはせず、いつも通りらしい。

中に鉄の扉があり、鎖で閉ざされていた。

「これは？」

「電動で、箱に十人乗せて上がるエレベートル。でも故障ばかりで今は使われていないわ。だから階段を上らないといけないけど、退屈しないように壁に東京百美人の写真が飾られているの」

尚美が言い、二人は螺旋《らせん》階段を上がりはじめた。

確かに、壁には人気芸者の写真が掛けられ、たまに窓があって見ると、風景がどんどん迫《せ》り上がってきた。

航平は美人の顔と窓からの風景を見ながら上がっていったが、やはり尚美より美しい女性はいないのだと実感した。

各階は、内外の土産物店で賑わっていた。

途中休憩所もあり、やがて二人は展望台の十二階まで上がった。

「わあ、すごい景色だ……」

航平は周囲を眺めて息を呑んだ。

これほど高い場所に来るのは初めてである。

良く晴れて富士が見え、さらには関八州《かんはっしゅう》の山々、そして下には幟や豆粒のような人たちが見える。

尚美が望遠鏡を借りてきたので、代わる代わる景色を眺めた。

「あれが浅草寺、向こうは上野で動物園やパノラマ館があるわ」

尚美があちこちを指さし、航平も周囲を見回して胸を弾ませたものだった。

一通り見て少しスケッチすると、客も混んで来たので二人は土産物屋を見ながら階段を下りていった。

航平は特に買いたいものはなかったが、尚美は桃子への土産か、小さな手鏡を買っていた。

一階まで降りて凌雲閣を出ると、また二人は瓢箪池の畔を歩き、彼は景色を素描して回った。

と、その時である。

航平はこちらへ歩いてくる角刈りズングリ、仁吉を見かけたのだった。

他に仲間はおらず、仙蔵が捕まったので途方に暮れ、次の兄貴分でも探しているのかも知れない。

その仁吉が航平の前まで来て、目を合わせて立ち止まった。

「どこかで見た顔だな」

仁吉が彼を睨み付け、太い眉を段違いにして言った。尚美は、「誰?」と言うふうに横で仁吉と航平の顔を見比べていた。

「僕が銀座で似顔描きをしているとき、信玄袋から巾着を盗ったでしょう」

「なにい？　そんなこと知るけえ、難癖付けようってのか！」

「仙蔵の子分ということで、巡査があんたを捜し回ってるぞ」

「何だと、この野郎！」

仁吉が怒鳴るなり、いきなり航平の左頬を拳骨で殴りつけてきた。

外で悶着を起こせばどうなるかなど、何も考えていないのだろう。

「ウッ……！」

航平は痛みに呻き、目から火花を散らしながらよろめいたところを尚美に支えられた。

「何するのよ、あんた！」

尚美は果敢に言ったが、いかに柔道を習っていても相手は筋肉質で腕力もありそうなズングリだ。

しかも胸元から、匕首の柄《え》が覗いているではないか。

そして仁吉が二発目の拳を振り上げたところ、いきなり後ろからその手首を摑んだ男がいた。

見たところ三十代半ばの筋肉質、立派な和服姿で短髪の男だ。

「乱暴するな」

「い、いててて……、てめえも仲間か……」

男が言い、腕を捻られて苦悶した仁吉が、懐から匕首を出そうとした。

しかし一瞬、男が仁吉の左腕を摑んだまま背を向け、左足で激しく仁吉の腰を払ったのだ。

「う、うわあッ……！」

仁吉は声を上げ、男の肩を中心に大きく弧を描いて宙に舞い、放物線を描いて池に叩き込まれていたのである。

激しい水音に、周囲の人たちが目を向けた。

「ち、ちくしょーッ……！」

仁吉は喚きながら、懸命に岸まで泳ぎはじめた。

「し、四郎《しろう》さん……！」

尚美が目を丸くして言うので、どうやら男は講道館の人らしい。

「おお、高宮さんか」

「東京に戻っていたんですね……」

尚美は懐かしげに言い、四郎は航平の方を向いた。

「大丈夫か、君」

「え、ええ……、何とか、歯は折れていないようです……」

航平は、口の中に血の味を感じながらも何とか答えた。

「何の騒ぎか！」

するとそのとき、二人の巡査が駆け寄ってきて言った。

五

「銀座で捕まった仙蔵の子分です。来栖刑事が追っていました」

「なに、来栖さんを知っているのか」

航平が言うと巡査が目を丸くし、ようやく岸まで来たずぶ濡れの仁吉をもう一人の巡査が引っ張り上げた。

「そのまま捕縛だ。京橋署へ連れて行く」

年配の巡査が言うと、もう一人が仁吉を捕縄した。

「池に投げ込んだのはあんたか、どこの誰か」

「講道館、西郷《さいごう》四郎」

「は……！」

四郎が言うなり、巡査が直立不動になりカチンと踵を合わせた。

どうやら四郎は警視庁の武術大会にも出ていたから、知らないものはいないのだろう。

「で、では、あらためまして講道館の方へご挨拶に」

「いや、それには及びませんので。くれぐれも私はここにいなかったことにして下さい。事情を聞くなら、明治新報のこの女性に」

四郎が言うと、

「明治新報……」

巡査は言い、やがて納得したように挙手をすると、二人で仁吉を引き立てて立ち去っていった。

「四郎さん、今までどこに。山嵐《やまあらし》の大技、初めて見ました」

「まあ、蕎麦でも食おうか、そろそろ昼だ」

興奮気味に尚美が言うと四郎は答え、三人で近くの蕎麦屋に入った。

「さっきの投げ技、絵に描いて新聞に載せていいですか？」

席に着くと、航平は自己紹介してから四郎に訊いた。

山嵐の西郷の名は、さすがに腰越にいた航平も知っていて、かなり緊張していたが、四郎は穏やかな笑みを浮かべている。

「いや、それは遠慮してもらおう。描くなら私を出さず、ただ奴が池に落ちただけにしてほしい」

「そうですか、それは残念」

航平は答え、やがて蕎麦が運ばれてくると三人で食いはじめた。

西郷四郎、このとき三十四歳。

会津出身で上京してから、講道館の創設期から入門して、多くの試合で活躍を重ねてきた。

創設は下谷《したや》の永昌寺《えいしょうじ》の本堂から始まり、今は小石川《こいしかわ》、下富坂町《しもとみさかちょう》に道場がある。

ちなみに四郎と同じく講道館四天王の富田常次郎《とみたつねじろう》の子、常雄《つねお》がのち作家になり四郎をモデルに柔道小説『姿三四郎』を書くことになる。

しかし師範である嘉納治五郎《かのうじごろう》が洋行の折、四郎に講道館を任せたのだが、四郎は師範の留守中に突然出奔《しゅっぽん》してしまい、以後、長崎や大陸を渡り歩き国事に奔走《ほんそう》していた。

一介の柔道家より国士を目指したようで、以前から付き合いのあった宮崎滔天《みやざきとうてん》たちと行動していたらしい。

たまにフラリと東京へ戻り、講道館に顔を出すこともあるようで、そのとき尚美は四郎に会っていたのだろう。

そして柔道家で教育者でもある嘉納治五郎は、夏目漱石《なつめそうせき》とも縁があり、『坊っちゃん』に登場するタヌキ校長は治五郎がモデル、山嵐は四郎がモデルと言われている。

やがて食い終わると、航平は画帖を開き、溺れている仁吉の様子と、手前に二人の巡査を素早く描いて四郎に見せた。

「あはは、上手いものだ。これなら載せても結構」

四郎が笑って言った。

皆も蕎麦を食い終えて茶を飲んでいると午砲《どん》が聞こえ、店内も立て込みはじめてきた。

「さて、では行くか。柔道頑張って下さい」

四郎が腰を上げて尚美に言い、三人分の金を払ってくれた。

航平も、尚美に出逢ってから常に食いっぱぐれがない。

「講道館へ？」

「いや、昨日顔を出したので、これから長崎へ戻る」

四郎は言い、店を出ると颯爽と歩き去ってしまった。

それを見送り、尚美は嘆息した。

「前に会ったときも顔を出しただけで、稽古はつけてもらっていないの」

「そうですか、すごい雰囲気の人ですね」

尚美が言い、航平も有名人に会った興奮が冷めやらなかった。

そして二人でまた馬車鉄道に乗り、新橋まで帰ってきた。銀座まで歩き、尚美は彼を誘って、まず明治新報に行った。

「仁吉が捕まりました。これです」

航平が言って絵を差し出すと、文二郎が目を丸くした。

「また近くにいたのか。絵だけでなく、記者の運が付いているようだな」

仁吉はまだ銀座に到着していないようで、文二郎も仁吉の捕縛は知らなかったようだ。

尚美も、仁吉が航平に乱暴してきたが、ちょうど行き合わせた西郷四郎が助けてくれ、池に投げ込んだことを興奮気味に話した。

「でも、山嵐で投げる絵は描かないように言われました」

「そうかあ、それは残念。西郷さんも神出鬼没だからなあ。表に顔を出すのが嫌なんだろう。まあ、仁吉も昼間から酔って池に嵌《は》まった方が、間抜けでいいかも知れん」

文二郎が言うと、そのとき来栖刑事が入ってきた。

「仁吉が捕まった。これから余罪をたっぷり絞り上げる」

来栖が言い、文二郎は絵を見せた。

「いま聞いたところです。仁吉が池に嵌まったところに、この二人が居合わせたので」

「なに……、またあんたがいたのか！」

来栖は驚いて言い、絵を見て苦笑した。

どうやら浅草の巡査は四郎との約束を守り、四郎の話は出さなかったようで、来栖も知らないようだった。

「じゃ、今日は私たちは帰りますね」

「じゃ絵はちゃんと仕上げて明日持って来ます」

尚美が言うので、航平も文二郎に言って絵を回収した。

「おお、ご苦労さん」

文二郎が言うので、二人は彼と来栖に辞儀をして明治新報を出ると、楽善堂の路地まで来た。

「先に帰っていて、私は桃ちゃんに会ってくから」

尚美が言うので、航平は一人で家に戻った。

殴られた頬の痛みはまだくすぶっていたが、蕎麦も食ったし血はとうに止まっていた。

それでも全身が汗ばんでいたので、服を脱いで井戸端で身体を流し、歯も磨いてから身体を拭き、また浴衣を着込んだ。

尚美はなかなか帰ってこないので、おそらく桃子に土産を渡し、厨でお喋りに興じているのだろう。

航平は画帖を開き、スケッチをさらに克明に描き込んだ。

仁吉や巡査、池の水しぶきなどを書き加え、満足できる仕上がりになると、他のスケッチ、凌雲閣や池の畔などの風景にも手を加えていった。

すると間もなく玄関が開き、内側から施錠する音も聞こえてきた。

どうやら尚美と、これから濃密な時間が共有できそうである。

航平は急激に勃起しながら画帖を閉じ、出迎えに玄関に行った。

すると、上がり込んできたのは尚美だけではなく、何と桃子も一緒に来ているではないか。

「桃ちゃんは夕方まで暇だと言うから、遊びに連れて来たのよ」

「そう……」

ならば、なぜ戸締まりする必要があるのか分からなかったが、とにかく航平はすぐにも尚美と情交出来るわけではないので意気消沈してしまった。

すると二人は、真っ直ぐ航平の部屋に入ってきた。

「聞いたわ。桃ちゃんの初物を奪ったたって」

「うわ……」

いきなり言われ、航平は戸惑ったが、尚美は咎める様子もなく笑みを含んでいるし、桃子もモジモジしながらも笑窪を浮かべていた。

「お仕置きに、これから二人がかりでするわ。早く脱いで寝て」

尚美が言い、桃子と一緒に脱ぎはじめたではないか。

（そ、そんな、二人がかりで……？）

航平は驚きながらも、意気消沈していた一物が、妖しい期待と興奮にムクムクと鎌首を持ち上げはじめていった。

ためらいなく二人が脱ぎ、室内に混じり合った匂いが立ち籠めると、もう彼も手早く浴衣を脱いでしまった。

そしてピンピンに勃起しながら布団に仰向けになると、二人も一糸まとわぬ姿になり、左右から身を寄せてきたのだった。

第五章　二人がかりで攻められ

一

（ああ、こんな体験が出来るなんて……）

航平は身を投げ出しながら、全裸になった尚美と桃子を見比べた。

どうやら申し合わせてきたように、二人ともためらいなく屈み込むと、同時に彼の両の乳首にチュッと吸い付いてきたのである。

「あう……！」

航平は激しい快感に呻き、ビクリと反応した。左右の乳首が同時に舐められたので、快感も倍加していた。

二人は熱い息で彼の肌をくすぐりながら、チロチロと舌を這わせて乳首を舐め回し、音を立てて吸ってくれた。

「ああ、気持ちいい……、噛んで……」

思わずせがむと、二人とも綺麗な歯並びで両の乳首をキュッと噛んでくれた。

「あう、もっと強く……」

言うと二人もやや力を込め、航平は甘美な刺激にクネクネと身悶え、まるで二人に食べられていくような心地に陶酔した。

やがて二人は充分に左右の乳首を愛撫すると、彼の肌を舐め降り、噛まれるのを好むと察したように、脇腹や下腹にもキュッと歯を食い込ませてくれた。

航平は少しもじっとしていられず身悶え、何やら一物に触れられる前に暴発しそうなほど高まってしまった。

しかも尚美と桃子は、日頃から彼が女体に愛撫するように、股間を避けて腰から脚を舐め降りていったのだ。

そして、とうとう両の足裏を舐め回し、左右同時に爪先がしゃぶられたのである。

しかも二人とも厭わず、指の股にも順々にヌルッと舌を割り込ませてきたのだった。

「あう、いいよ、そんなことしなくても……」

航平は、申し訳ない快感に呻いていったが、二人とも彼を悦ばせるためというより、二人で隅々まで男を賞味しているようだった。

彼は生温かな泥濘でも踏むような心地で、両足の全てが美女たちの清らかな唾液にまみれた。

しゃぶり尽くすと二人は口を離し、彼を大股開きにさせると、また同時に左右の脚の内側を舐め上げてきた。

内腿にキュッと歯が食い込むたび、

「あう、気持ちいい……」

航平は息を詰めて呻き、二人も頬を寄せ合いながら顔を進め、股間に熱い息を混じらせた。

すると尚美が彼の両脚を浮かせ、尻の谷間を舐めてくれたのだ。

その間、桃子は彼の尻の丸みを舐め、歯を立ててきた。

尚美の舌がヌルッと潜り込んで中で蠢くと、

「く……」

航平は妖しい快感に呻き、モグモグと肛門で舌先を締め付けながら、急いで身体を流しておいて良かったと思った。

舌が蠢くたび、内側から刺激されたように勃起した一物がヒクヒクと上下し、先端から粘液を滲ませた。

尚美が舌を引き抜くと、すぐ桃子も同じようにして舌を潜り込ませてきた。

立て続けだと、二人の温もりや感触、蠢きの違いが分かり、いかにも二人にされているという贅沢な実感が湧いた。

桃子も舌を蠢かせ、熱い鼻息でふぐりをくすぐっていた。

ようやく彼女の口が離れると脚が下ろされ、今度は二人で顔を寄せ合い、同時にふぐりにしゃぶり付いてきた。

それぞれの睾丸が舌で転がされ、たまに女同士の舌が触れ合っても二人は一向に気にならないようだ。

袋全体が混じり合った唾液に生温かくまみれると、いよいよ二人は顔を進め、肉棒の裏側と側面をゆっくり舐め上げてきた。

二人分の舌が滑らかに先端まで来ると、先に尚美が粘液の滲む鈴口をチロチロと舐め、割り込むように桃子も舌を這わせてくれた。

そして同時に張り詰めた亀頭にしゃぶり付くと、何やら美しい姉妹が一つの果実でも食べているようだった。

さらに二人が交互にスッポリと呑み込み、吸い付きながらチュパッと口を離すと、すかさずもう一人が同じように含んで吸い、クチュクチュと舌をからめてくれた。

「ああ、いきそう……」

激しく絶頂を迫らせながら航平が言っても、二人は強烈な愛撫を止めず、交互にスポスポと濡れた口で摩擦し続けた。

もう限界である。

「い、いく……、アアッ、気持ちいい……」

彼は口走り、大きな快感に貫かれながら熱い大量の精汁をドクンドクンと勢いよくほとばしらせてしまった。

「ンンッ……！」

ちょうど含んでいた桃子が喉の奥を直撃されて呻き、口を離すとすぐに尚美がパクッと亀頭を含み、余りを吸い出してくれた。

「あうう、すごい……」

チューッと吸われると、ふぐりから直に吸い取られ、魂まで抜かれそうな快感に彼は呻いた。

「アア……」

一滴余さず出しきった航平は、声を洩らしてグッタリと身を投げ出した。

尚美も吸引と舌の動きを止め、亀頭を含んだまま口に溜まった精汁をゴクリと飲み込んだ。

「く……」

口腔が締まり、彼は駄目押しの快感に呻いた。

ようやく尚美がスポンと口を離すと、なおも幹をしごいて余りを絞り、鈴口から滲む雫を桃子と一緒に舐め取ってくれた。もちろん桃子も、口に飛び込んだ濃厚な第一撃は飲み込んでくれていた。

「あう……、も、もういい……」

航平はクネクネと腰をよじり、幹を過敏に震わせながら降参した。

やっと二人も舌を引っ込めてくれたが、彼の荒い息遣いと動悸はいつまでも治まらなかった。やはり美女たちに二人がかりで、口でしてもらうなどという快感は激しすぎた。

「さあ、回復するまで何でもして上げるから言って」

尚美が嬉しいことを言ってくれ、彼自身がピクンと反応した。

「あ、足を顔に乗せて……」

「いいわ」

彼が息も絶えだえになって言うと、尚美が気軽に答えて桃子を促し、一緒に立ち上がった。

そして仰向けになった航平の顔の左右にスックと立ち、互いに体を支え合いながら、そろそろと片方の足を浮かせ、彼の顔に載せてくれたのだ。

「ああ……」

航平は二人分の足裏を顔に受けて喘ぎ、効果覿面《てきめん》ですぐにもムクムクと回復してきたのだった。

彼はそれぞれの足裏を舐め回し、指の間にも鼻を押し付けて嗅いだ。

二人とも指の股は生ぬるい汗と脂にジットリ湿り、蒸れた匂いが濃く沁み付いて鼻腟が刺激された。

しかも二人分だから、いっそうムレムレの匂いが胸に沁み込んできた。

爪先にしゃぶり付き、順々に指の股に舌を割り込ませて味わっていくと、

「あん、くすぐったいわ……」

桃子が声を洩らし、尚美にしがみついた。

やがて航平は二人分の爪先を貪り、足を交代してもらい、そちらも新鮮な味と匂いを堪能し尽くしたのだった。

「顔に跨がって」

ようやく口を離して言うと、やはり年上の尚美が彼の顔に跨がり、厠に入るようにしゃがみ込んできた。

脚がM字になると、白い内腿がムッチリと張り詰め、すでに濡れている陰戸が鼻先に迫り、熱気が顔に吹き付けてきた。

航平は腰を抱き寄せて茂みに鼻を埋め込み、蒸れて濃厚に沁み付いた汗とゆばりの匂いを貪り、舌を這わせていった。

息づく膣口を掻き回し、淡い酸味のヌメリをすすり、柔肉をたどってオサネまで舐

め上げていくと、

「アアッ……、いい気持ち……」

尚美が熱く喘ぎ、キュッと股間を彼の顔に押しつけてきた。

航平は充分に味と匂いを堪能してから、尻の真下に潜り込んで顔中に双丘を受け、蕾に籠もる匂いを貪って舌を這わせた。

ヌルッと潜り込ませ、滑らかな粘膜を探ると、

「あう……」

尚美が呻き、キュッと肛門で舌先を締め付けてきた。

やがて前も後ろも味わうと、尚美が腰を浮かせて場所を空けた。

すると桃子もためらいなく跨いで、彼の顔にしゃがみ込んできた。

ぷっくりした丘の若草に鼻を埋めて嗅ぐと、やはり蒸れた汗とゆばりの匂いが籠もり、馥郁と鼻腔が刺激され、彼は舌を這わせていった。

二

「あん……、いい……」

航平が蜜をすすってオサネを舐めると、桃子が熱く喘ぎ、新たなヌメリを漏らしてきた。

彼はチロチロとオサネを舐め回しては、滴る潤いを飲み込み、充分に味と匂いを吸収してから尻の真下に潜り込んだ。谷間の蕾に蒸れて籠もる秘香を貪り、舌を這わせてヌルッと潜り込ませると、

「く……」

桃子が肛門を締め付けて呻いた。

すると尚美が、すっかり回復した彼自身にしゃぶり付き、唾液にぬめらせてくれた。

尚美の口の中で舌に翻弄され、一物はすっかり元の硬さと大きさを取り戻していた。

そして尚美が口を離すと、

「いいわ、先に入れなさい」

桃子に言うと、彼女も力が抜けそうになりながら航平の顔から股間を引き離した。

そして尚美に支えられながら桃子は彼の上を移動し、股間に跨がってきたのである。

そろそろと桃子がしゃがみ込むと、尚美も覗き込みながら幹を指で支え、先端を彼女の膣口にあてがってやった。

「いいわ、ゆっくり座って」

尚美に言われ、桃子も息を詰めて腰を沈み込ませていった。

唾液に濡れて張り詰めた亀頭が潜り込むと、あとは重みと潤いで、ヌルヌルッと一気に根元まで潜り込んだ。

「アアッ……！」

桃子が顔を仰け反らせて喘ぎ、ピッタリと股間を密着させた。

航平も、きつい締め付けと熱いほどの温もり、心地よい摩擦と潤いに包まれながら快感を嚙み締めた。

桃子は彼の胸に両手を突っ張り、上体を反らせて硬直していたが、初回ほどの痛みはないようで、動かなくても収縮が心地よく彼を刺激した。

「痛かったら止すといいわ」

「痛くないです。奥が熱くて、いい気持ち……」

尚美に答え、桃子は収縮を強めてきた。そして少し腰を動かしたが、まだ大きな快感には程遠いようである。

航平も、さっき二人の口に射精し、大きな快感を得たばかりだから暴発の心配は無かった。

「慣れてくると、すごく気持ち良くなるわ」

尚美が桃子の背を撫でながら言い、やがて桃子は股間を引き離して航平に添い寝してきた。

すると尚美が跨がり、桃子のヌメリに満ちた先端に割れ目を押し当て、ヌルヌルッと滑らかに受け入れていった。

「ああ……、いいわ……」

完全に座り込んだ尚美は、何度かグリグリと股間を擦り付け、彼に身を重ねてきた。

航平も両手を回して抱き留め、両膝を立てて尻を支えた。

そして潜り込み、尚美の左右の乳首を含んで舐め回し、横にいる桃子の胸も引き寄せて両の乳首を吸って舌で転がした。やはり二人が相手だと、平等に愛撫しなければならないと思った。

二人分の乳首と膨らみを味わい、さらに彼は二人の腋の下にも鼻を埋め込み、生ぬるく湿った和毛に籠もる、甘ったるい汗の匂いに噎せ返った。

これも二人分だと濃厚に鼻腔が刺激され、微妙に異なる匂いの両方に興奮を高めていった。

充分に胸を満たすと、航平は下から尚美の顔を引き寄せ、ピッタリと唇を重ねた。さらに桃子の顔も抱き寄せ、三人で唇を重ねると、二人の混じり合った息で彼の顔中が心地よく湿った。

舌を這わせると、尚美も桃子も厭わずチロチロと絡み付けてくれ、彼はそれぞれ滑らかに蠢く舌と生温かな唾液に酔いしれた。

そしてズンズンと徐々に股間を突き上げはじめると、

「アア……、いい気持ちよ、いきそう……」

尚美が口を離して喘ぎ、航平が桃子のオサネも指で探ってやると、彼女も熱く喘ぎはじめた。

尚美の吐き出す花粉臭の吐息に、桃子の甘酸っぱい果実臭の息が混じり、彼は二人分の匂いに激しく高まった。これも実に贅沢な快感であり、濃厚な吐息が甘美に胸に沁み込んだ。

「唾を垂らして……」

股間を突き上げながらせがむと、尚美が形良い唇をすぼめ、トロトロと白っぽく小泡の多い唾液を吐き出してくれた。

それを口に受けると、見ていた桃子もグジューッと大量に注いでくれ、彼はミックスされた唾液をうっとりと味わい、喉を潤して酔いしれた。

「顔中も舐めてヌルヌルにして」

快感に任せて図々しく言うと、二人もためらいなく彼の顔中に舌を這わせてくれた。舐めると言うより、張り出した唾液を舌で塗り付ける感じで、たちまち彼の顔中がヌラヌラとまみれた。

吐息と唾液の匂いに高まり、突き上げを強めていくと、

「アア……、い、いっちゃう……！」

合わせて腰を動かしていた尚美が声を上ずらせ、ガクガクと狂おしい痙攣を開始して気を遣った。

するとオサネをいじられている桃子も、

「き、気持ちいい……、アアーッ……！」

ヒクヒクと身をくねらせて喘いだ。

同時に航平も、尚美の激しい収縮に巻き込まれるように二度目の絶頂を迎えてしまった。

「く……！」

大きな快感に呻きながら、ありったけの熱い精汁をドクンドクンと勢いよくほとばしらせると、

「あう、もっと……！」

熱い噴出を感じ、駄目押しの快感を得た尚美が呻き、きつく締め上げてきた。

航平も激しく股間を突き上げ、摩擦快感の中で心置きなく最後の一滴まで出し尽くしていった。

桃子も充分に快感を得たらしく、それ以上の刺激を拒むように腰を引き、彼も指を離してやった。

そして桃子は余韻に浸りながらも、尚美の激しい絶頂に目を見張っていた。

「ああ……」

航平は、すっかり満足しながら突き上げを止めて喘いだ。

尚美も腰の動きを止め、グッタリともたれかかってきたが、まだ膣内が息づいて、彼自身は内部で過敏にヒクヒクと跳ね上がった。

彼は二人の顔を引き寄せ、混じり合ったかぐわしい吐息で鼻腔を満たしながらうっとりと余韻を味わった。

「すごいわ、尚美さん、そんなに気持ちいいの……」

「ええ……、すぐこんなふうに感じるようになるわ……」

二人が息を弾ませて言い、やがて尚美が股間を引き離していった。

三

「ね、こうして二人で肩に跨がって」

井戸端で、航平は簀の子に座り込んで言った。三人とも、体を洗い流したところである。

れた。
「こう？」
尚美は言い、桃子と一緒に立って彼の左右の肩に跨がり、顔に股間を突き出してく
れた。
それぞれの股間に鼻を埋めると、濃厚だった匂いは薄れてしまったが、舐めると新
たな淫水が溢れ、ヌラヌラと舌の蠢きが滑らかになった。
「ゆばりを放って……」
「まあ、そんなことされたいの……？」
航平がせがむと、尚美は驚いたように言ったが、
「出るかしら……」
言うとすぐ下腹に力を入れ、尿意を高めはじめたので、桃子も後れを取らないよう
慌てて息を詰めた。
航平は、妖しい期待にたちまち回復してきた。吟香に聞いた、生娘のゆばりが妙薬
になるという話を思い出していたのだ。もう二人とも生娘ではないが、美女たちの体
から出るものを肌に感じてみたかったのである。
交互に舐めていると、尚美の割れ目内部の柔肉が迫り出すように盛り上がり、味わ

いと温もりが変化してきた。

「あう、出る……」

尚美が言うなり、チョロチョロと熱い流れがほとばしってきた。

航平はうっとりと浴びながら、そっと舌に受けてみたが、味も匂いも淡く、薄めた桜湯のように抵抗がないので飲み込むことが出来た。

「ああ……」

と、桃子も声を洩らし、彼の肩にポタポタと温かな雫が滴って来た。

顔を向けると勢いが増し、やはり口に受けても清らかな味わいで喉を潤すことが出来た。

二人分の熱い流れを全身に浴びると、それは胸から腹に伝い流れて混じり合った匂いを漂わせ、回復した一物を心地よく浸してきた。

「ああ、変な気持ち……」

桃子が膝を震わせて喘ぎ、二人とも勢いを増したが急に流れが衰え、やがて治まってしまった。

尚美の割れ目からはポタポタと滴る余りの雫に淫水が混じり、ツツーッと糸を引いて垂れた。

航平は残り香の中で舌を這わせ、反対側の桃子の割れ目も舐めて綺麗にしてやった。

やがて二人は腰を離し、もう一度水を浴びて股間を流した。

彼も立ち上がって水を浴び、三人で身体を拭き、部屋で身繕いをした。

すっかり勃起しているが、もう日が傾いている。残念ながら桃子は戻らないといけないようだ。

そこで尚美も夕食に出ることにし、三人で家を出た。航平は懸命に高まりを鎮め、もちろん画帖を手にした。

「じゃまた朝にね」

楽善堂の勝手口で尚美が言うと、桃子は笑窪の浮かぶ頰を染め、二人に頭を下げて中に入っていった。もちろん後悔の様子もなく、桃子は憧れの尚美と秘密を共有できて嬉しげだった。

航平は尚美と一緒に、前に入った安い定食屋に入って夕食を済ませた。彼女はビールも頼まず、二人で食事を終えると家に戻った。

「じゃ私は書き物をするので先に寝てね」

少し休憩してから、尚美が言って部屋に入った。やはり今夜は、もう濃厚な快楽を得たから充分なのだろう。

航平も、本当はもう一回ぐらいしたかったが、やはり気持ちは満たされているので、明日文二郎に提出する絵を見直し、少し修整してから大人しく寝ることにしたのだった……。


――翌朝、航平が目を覚ますと隣に尚美はおらず、彼女はもう台所で歯磨きをしていた。

彼は厠を済ませてから入れ替わりに歯を磨き、顔を洗って身繕いをした。

そして家を出ると、まずは楽善堂の厨で朝食だ。

桃子も、昨日のことなど何事もなかったように、愛くるしい笑顔で二人を迎えて仕度してくれた。

今日も吟香はいないようである。

また卵かけご飯と海苔に味噌汁の朝食を終えると、航平は尚美と一緒に明治新報へ出向いた。

「ああ、麴町から連絡がきている。告別式の後始末を手伝ってもらいたいとのことだ」

編集部に入ると、すぐに文二郎が尚美に言った。

「そうですか、面倒な」

「まあ、そう言いなさんな。いくら新時代でも、家の柵はいつまでもある」

文二郎が言うと、尚美も嘆息した。確かに今は、特に急ぎの取材もない時期である。

「じゃ行ってくるので、またお留守番お願いね。もし今夜も帰れなかったらごめんね」

尚美は航平に言い、不満げに出ていった。

それを見送ると、航平は文二郎に仕上がった絵を見せた。

池に落ちた仁吉を、二人の巡査が引き上げようとしている絵と、あとは凌雲閣その他の風景である。

「うん、上出来だ。これからも頼む」

文二郎は満足げに頷いて受け取り、刷り上がったばかりの明治新報を渡してくれた。

見ると、仙蔵の肖像画に捕り物の絵が載り、文二郎の手による軽快な文章が添えられていた。

「わあ、嬉しいです。あとはどの辺りを描いたら良いでしょうか」

「ああ、間もなく馬車鉄道もなくなるからな、その辺りを頼む」

「分かりました」

航平は辞儀をして明治新報を出ると、新橋方面まで出向いて馬車鉄道の風景を素描した。

「おう、やってるな。お抱え画家」

するとと来栖刑事がやってきて、航平に声を掛けてきた。今日は一人で巡回しているようだ。

「あ、お疲れ様です」

「ふうん、馬車鉄道か。十九世紀の名残というやつだな」

「ええ、間もなく消えていくものを描き留めておきたいです」

「新報の仕事ばかりじゃなく、警察にも協力してくれ。不審な男を尾行するとき一緒に来て、顔を描いてもらいたいんだ」

「ええ、いつでも言って下さい」

航平は答えた。来栖や警察から金が出るとは思わないが、結果的に新報に載せられれば良いのである。

来栖は描いている航平の絵を見ながら煙草を一服し、踏み消すとまたどこかへ立ち去っていった。

航平は馬車鉄道や乗り合い場所などの風景を描き、やがて午砲が鳴ると、店でうどんを食ってからいったん帰宅した。

すると路地から空の人力車が出てきて、玄関の前では、貴子が来て立っているではないか。今の俥で来たばかりなのだろう。

「ああ、良かったわ。尚美が麴町に来たから航平一人だと思って」

帰ってきた航平を見た貴子が顔を輝かせて言い、彼も急いで鍵を開けて彼女を招き入れた。

どうやら貴子の淫気は日ごとに増し、航平の若い肉体に夢中になっているようで、彼女も実家で用はあるだろうに、何かと理由を付けて出てきてしまったのだろう。

案外貴子は、夫と子を持ちながらも、独り身の尚美よりずっと奔放に生きているようだった。今日は買い物もせず急いで来たらしく手土産はなく、彼も玄関を施錠すると、自分の部屋に貴子と入った。

「いい？」

貴子が頬を染めて言い、すぐにも帯を解きはじめた。

もう言葉など要らず、互いの淫気が伝わり合っているようだ。

もちろん航平も、彼女を見たときから股間が疼き、手早く服を脱いで全裸になっていった。

昨日のように三人での戯れも夢のように楽しかったが、それはあくまでお祭りみたいなもので滅多にあることでは無い。

やはり秘め事というのは、男女が一対一の密室で行うのが淫靡で良いと、彼はあらためて思うのだった。

布団に横になると、たちまち貴子も一糸まとわぬ姿になり、熟れ肌から生ぬるく甘ったるい匂いを漂わせて添い寝してきた。

航平は身を起こし、仰向けになって身を投げ出した貴子の足裏から舌を這わせはじめていったのだった。

四

「あう、どうしてそんなところから舐めるの？　足が好きなの？」

「身体中全部好き」

貴子が熱く呻いて言い、航平も答えながら美女の足裏を舐めた。

指の股は汗と脂に湿り、蒸れた匂いが濃く沁み付いて彼の鼻腔を悩ましく掻き回してきた。

胸いっぱいにムレムレの匂いを嗅いでから爪先にしゃぶり付き、彼は貴子の両足とも、指の股に籠もる全ての味と匂いを貪り尽くしてしまった。

「ああ、くすぐったくていい気持ち……」

貴子もすっかり熱く喘ぎ、クネクネと白い熟れ肌をよじらせて応えていた。

航平は股を開かせて脚の内側を舐め上げ、ムッチリした内腿をたどって股間に迫っていった。

期待が大きかったのか、貴子の割れ目は大量の淫水に潤い、指で陰唇を広げると息づく膣口からは白濁の粘液も滲み出ていた。

顔を埋め込み、柔らかな茂みに生ぬるく籠もる汗とゆばりの匂いで鼻腔を刺激され、舌を挿し入れてヌメリを掻き回した。

滑らかな柔肉をたどって大きなオサネまで舐め上げていくと、

「アアッ……、いい気持ち……！」

貴子が熱く喘ぎ、内腿できつく彼の顔を挟み付けてきた。

航平は心地よい窒息感の中で、悩ましく濃厚な女臭に噎せ返り、執拗にオサネを吸っては溢れる淫水を舐め取った。

充分に味と匂いを堪能すると、さらに彼女の両脚を浮かせ、白く豊満な尻に迫った。

谷間で、檸檬の先のように突き出た蕾に鼻を埋め、生々しく秘めやかに蒸れた匂いを嗅ぎ、舌を這わせてヌルッと潜り込ませた。

「あう……」

貴子が呻き、キュッときつく肛門で舌先を締め付けてきた。

彼は滑らかな粘膜を探ってから、脚を下ろして再び大洪水になっている陰戸に戻って舌を這い回らせた。

「お、お願い、入れて……！」

待ち切れないように貴子が熟れ肌をくねらせてせがんだ。

航平も身を起こすと股間を進め、先端を割れ目に擦り付けて潤いを与え、濡れた膣口にヌルヌルッと一気に挿入していった。

「アアッ……！　いい、奥まで届いてる……」

貴子が身を反らせて喘ぎ、味わうようにモグモグと締め付けてきた。

航平も温もりと感触を味わい、股間を密着させて身を重ねていった。

まだ動かず、屈み込んで乳首に吸い付き、顔中で豊かな膨らみを味わいながら舌で転がした。

「ああ、噛んで……」

貴子が喘ぎながら、強い刺激を求めるように言った。

航平も前歯で軽くコリコリと乳首を刺激すると、膣内の収縮と潤いが格段に増してきた。

「アア、もっと強く……」

彼女が言い、航平も左右の乳首を充分に舌と歯で愛撫し、生ぬるく滲んできた乳汁で喉を潤した。

しかし乳も、いよいよ出なくなっているようだ。

充分に乳首と乳汁を味わい、甘ったるい匂いで胸を満たすと、さらに彼は腋の下にも鼻を埋め、腋毛に籠もる濃厚な汗の匂いに噎せ返った。

貪るように嗅いでから、やがて彼は白い首筋を舐め上げてピッタリと唇を重ねていった。

「ンン……」

貴子も熱く鼻を鳴らし、下から激しくしがみつきながらネットリと舌をからめてきた。

滑らかに蠢く舌と生温かな唾液を味わい、航平はズンズンと腰を突き動かしはじめた。すぐにも律動が滑らかになり、クチュクチュと淫らに湿った摩擦音が響いた。

「アア……、いい気持ち……」

貴子が口を離し、唾液の糸を引きながら熱く喘いだ。

湿り気ある吐息は、今日も濃厚な白粉臭の刺激を含み、彼の鼻腔を悩ましく掻き回してきた。

嗅ぎながら動きを強めていくと、貴子が突き上げを止めて言った。

「ね、お尻の穴に入れてみて……」

「え？　大丈夫かな」

「陰間《かげま》もしているし、良いと聞いたことがあるので一度してみたいの」

言われて、航平も興味を覚えて腰の動きを止めた。

一度してみたいと言うからには貴子も未体験で、彼は熟れた美女の肉体に残った最後の処女の部分に興奮を高めた。

身を起こしてヌルッと引き抜くと、

「あう……」

貴子が呻き、自ら両脚を浮かせて抱え、彼の方に豊満な尻を突き出してきた。

見ると陰戸から大量に溢れて伝い流れる淫水が、肛門の方までヌメヌメと潤わせていた。

彼は淫水に濡れた先端を蕾に押し付け、呼吸を計った。

貴子も口で呼吸をし、懸命に括約筋を緩めているようだ。

やがてズブリと潜り込ませると、最も太い亀頭のカリ首までが埋まり込み、あとはズブズブと滑らかに潜り込ませていくことが出来た。

「く……」

「大丈夫ですか」

「平気、奥まできて……」

貴子が僅かに眉をひそめて言い、彼も深々と押し込んだ。尻の丸みが心地よく股間に密着して弾み、彼は膣内とは違う感触を味わった。

さすがに入り口はきついが、中は案外楽で、思ったほどのベタつきもなく滑らかだった。

「動いて、中に出して……」

貴子が息を詰めて言い、自ら乳房を揉みしだいて乳首を摘んだ。さらにもう片方の手は空いている割れ目に這わせ、淫水を付けた指の腹でクリクリと大きなオサネを擦りはじめたのだ。

こんなふうに自慰をするのかと彼も興奮を高め、様子を見ながら小刻みに腰を突き動かしていった。

徐々に貴子も緩急の付け方に慣れてきたように、次第に動きがクチュクチュと滑らかになった。

「アア、変な気持ち、いきそうだわ……」

貴子が喘ぎ、自分で執拗に乳首とオサネをいじった。

航平も腰を前後させ、貴子の肉体に残った最後の初物を味わい、熟れ肌の反応と摩擦快感に絶頂を迫らせていった。

「い、いく……！」

たちまち航平は大きな快感に全身を貫かれて口走り、熱い精汁をドクンドクンと勢いよく注入した。

「あう、もっと出して、いく……、アアーッ……！」

貴子も収縮させせながら喘ぎ、ガクガクと狂おしく身を震わせて気を遣ってしまった。

しかし肛門というより、自分でいじるオサネの快感で昇り詰めたのかも知れない。

中に放たれた精汁で、さらに動きがヌラヌラと滑らかになった。

航平は快感を嚙み締め、心置きなく最後の一滴まで出し尽くしていった。

すっかり満足して動きを止めると、

「ああ……」

貴子も声を洩らし、力尽きたように乳首とオサネから指を離した。

するとと抜こうとしなくても、肛門のヌメリと締め付けで彼自身が押し出され、ヌルッと抜け落ちてしまった。

何やら美女に排泄されるような興奮が湧き、丸く開いて一瞬粘膜を覗かせた肛門も、徐々につぼまって元の形に戻っていった。

「さあ、早く洗った方がいいわね」

余韻に浸る余裕もなく、貴子が身を起こして言い、航平も立ち上がって一緒に井戸端へと行った。

すると貴子が甲斐甲斐しく彼の股間に水を掛け、石鹸を泡立てて一物を洗ってくれた。

「中からも洗い流した方がいいわね。おしっこ出しなさい」

貴子に言われ、航平も回復しそうになるのを堪え、何とかチョロチョロと放尿をした。

出しきると彼女はまた水を浴びせ、屈み込んで消毒するようにチロリと鈴口を舐めてくれた。

「あう」

刺激に呻き、彼自身はムクムクと鎌首を持ち上げてきた。

「まあ、すごいわ。もう一度出来るわね。今度は前に入れて」

貴子も、やはり肛門への挿入より膣感覚がよいように言い、彼自身も期待に完全に元の硬さと大きさを取り戻した。

「ね、貴子さんもゆばりを出して」

簀の子に座って言い、貴子を前に立たせると、彼女もその気になってくれたようだ。

さらに片方の足を浮かせると井戸のふちに載せ、股を開いて彼の顔に向けてくれた。

「こう？　いいかしら」

彼女が言うので、航平は股間に鼻と口を埋めて舌を這わせた。

洗い流したので、恥毛に籠もっていた濃い匂いは薄れてしまったが、新たな淫水でヌラヌラと舌の動きが滑らかになった。

すると貴子はためらいなく尿意を高め、割れ目内部の柔肉を蠢かせた。

「あう、出るわ……」

息を詰めて言うなり、チョロチョロと熱い流れがほとばしってきた。

舌に受けて味わうと、やはり味も匂いも控えめで淡く、喉に流し込むにも抵抗が無かった。

「アア、変な気持ち……」

貴子が、ゆるゆると放尿しながら喘ぎ、それでもあまり溜まっていなかったか、一瞬勢いが増すと、間もなく流れは治まってしまった。

ポタポタ滴る雫を残り香の中で舐めると、すぐに新たな淫水が混じり、淡い酸味のヌメリが割れ目内部に満ちてきた。

「ああ、もういいわ……」

貴子がビクリと反応して言い、足を下ろすともう一度互いに水を浴びた。

そして身体を拭いて家に入ると、二人で全裸のまま部屋の布団に戻っていったのだった。

五

「こんなに勃って嬉しいわ。そんなに私が好き？　尚美とどっちがいい？」

仰向けになった航平の股間に屈み込み、貴子が悪戯っぽく言って彼を見た。

「そ、それは……」

航平にとっては、何しろ最初の女性である尚美が一番なのだが、その時々で、目の前にいる女性も一番好きなのである。

「いいわ、聞かないでおくから」

貴子は言い、彼の両脚を浮かせて顔を寄せると、大胆にも尻の谷間から舐めはじめてくれた。チロチロと舌が肛門に這い回り、充分に濡れるとヌルッともぐりこんできた。

「あう……」

航平は妖しい快感に呻き、肛門で美女の舌を締め付けた。

貴子も熱い鼻息でふぐりをくすぐりながら、中で舌を蠢かせた。すると勃起した幹が、内側から刺激されてヒクヒクと歓喜に上下した。

舌を出し入れさせるように蠢かせてから、ようやく貴子は彼の脚を下ろし、そのままふぐりにしゃぶり付いて二つの睾丸を転がした。

たまにチュッと吸い付かれると、

「く……」

彼は呻き、急所だけに思わず腰が浮いた。

やがて彼女は袋全体を生温かな唾液にまみれさせると、前進して肉棒の裏側をゆっくり舐め上げてきた。

滑らかな舌が先端まで来ると、幹に指を添え、粘液の滲む鈴口を舐め回し、さっき自分の肛門に挿入した一物をスッポリと呑み込んでいった。

「ああ……」

航平は快感に喘いだ。水を浴びて冷えた身体に、生温かな口腔が心地よかった。

貴子は幹を丸く締め付け、上気した頬をすぼめて吸った。

熱い鼻息が恥毛をそよがせ、口の中ではクチュクチュと舌がからまり、たちまち彼自身は清らかな唾液にどっぷりと浸った。

快感に任せて思わずズンズンと股間を突き上げると、

「ンン……」

貴子は熱く鼻を鳴らし、自分も顔を上下させ、スポスポと強烈な摩擦を繰り返してくれた。

「い、いきそう……」

すっかり高まった航平が情けない声を出すと、すぐに貴子はスポンと口を引き離し、身を起こして前進してきた。

彼の股間にヒラリと跨がり、唾液に濡れた先端に割れ目を押し当て、息を詰めてゆっくり腰を沈めていった。ヌルヌルッと滑らかに根元まで呑み込まれて股間が密着すると、

「アア、やっぱりここに入れるのが一番だわ……」

貴子が顔を仰け反らせて喘ぎ、味わうようにキュッキュッと締め上げてきた。

航平も、肉襞の摩擦と潤い、温もりと締め付けに包まれて快感を高めた。

やがて貴子が身を重ねてくると、彼も両手を回して抱き留め、両膝を立てて豊満な尻を支えた。

彼女は航平の胸に豊かな膨らみを密着させて弾ませると、貪るように唇を重ねて舌をからめてきた。そしてさっきは得られなかった膣感覚を味わい、すぐにも腰を遣いはじめたのだ。

航平は揺れる尻を両手で揉みしだき、摩擦快感に高まっていった。

貴子は執拗に舌をからめ、彼が好むのを知っているように、殊更多めの唾液をトロ

トロと注いでくれた。

航平もうっとりと喉を潤しながら、ズンズンと股間を突き上げると、溢れた淫水で律動が滑らかになり、ピチャクチャと淫らな摩擦音が聞こえてきた。

「アア……、いいわ、すぐいきそう……」

貴子が口を離して喘ぎ、熱く甘い白粉臭の吐息で彼の鼻腔をうっとりと刺激してきた。

彼は高まりながら貴子のかぐわしい口に鼻を押し込み、

「しゃぶって……」

言うと彼女もヌラヌラと鼻の穴を舐めてくれ、まるで一物をしゃぶるように鼻全体を吸い、念入りに舌を這い回らせた。

「ああ、気持ちいい……」

航平は、唾液と吐息の匂いに酔いしれて喘ぎ、彼女も次第に顔全体を舐め回し、生温かな唾液でヌルヌルにまみれさせてくれた。

突き上げを強めると、膣内の収縮と潤いが最高潮になり、何やら全身まで吸い込まれそうな快感に見舞われた。

「い、いく……、アアッ……！」

ひとたまりもなく、航平は絶頂の快感に全身を貫かれて喘ぎ、ありったけの熱い精汁をドクンドクンと勢いよくほとばしらせてしまった。

「い、いいわ……、アアーッ……！」

噴出を感じた貴子も、さっきは違う場所で感じたため、今度こそ大きな快楽に包まれたように喘ぎ、ガクガクと狂おしく痙攣した。

きつい締め付けの中、彼は心ゆくまで快感を嚙み締め、最後の一滴まで出し尽くしていった。

すっかり満足しながら徐々に突き上げを弱めていくと、

「ああ、溶けてしまいそう……」

貴子も満足げに肌の強ばりを解き、声を洩らしながらグッタリともたれかかってきた。

互いに動きを止めて重なっても、まだ膣内は名残惜しげな収縮が繰り返され、中でヒクヒクと幹が過敏に跳ね上がった。

「あう、もう駄目……」

貴子も敏感に反応し、キュッときつく締め上げてきた。

航平は美人妻の重みと温もりを受け止め、熱く濃厚な白粉臭の吐息を間近に嗅ぎながら、うっとりと余韻を味わったのだった……。


——航平と貴子が身体を流して身繕いすると、すっかり日も傾いていた。

「今日は、尚美姉さんは帰れないのかな……」

「ええ、大河原家の告別式の後始末だけでなく、きっと父が新しい見合い相手の話でもしているんじゃないかしら」

「え……？」

「まあ心配要らないわね。そんなことを言われないために家を出たのだから」

貴子が言い、航平も少し安心したが不安は拭えなかった。

やがて夕食に行くため、航平は画帖を抱えて彼女と一緒に家を出た。

通りに出ると、貴子は人力車を拾って麹町へと帰っていった。

それを見送ると、ちょうど楽善堂から吟香が出てきた。

「おう、夕食かね。尚ちゃんがいないなら一緒に行こうか」

吟香が気さくに言ってくれ、航平は頷いて従い、尚美と最初に入ったレストランに行った。

本当に航平は、食いっぱぐれがないと思ったものだ。その全ての幸運は、尚美との出会いがもたらしてくれたものである。

窓際のテーブルに差し向かいに座り、ビールを一口だけ飲むと、吟香がカツレツを注文してくれた。

「前に、飲み屋の女将の顔を描いて欲しいって言ってましたが」

「ああ、残念ながら立ち退きで移転になった。小さな店だったが気に入っていたので残念だ。まあ、あのコロシのあった晩に行けなかったのも、運命というものだろう」

吟香がビールを飲んで言う。やがてカツレツが運ばれてきて、航平は再び好物にありついた。

「明日、桃ちゃんは休んで日本橋の実家に戻るらしい」

「そうですか。家で何か？」

「いよいよ縁談がまとまるようだ。もっとも所帯を持っても、孕むまではしばらくうちで働いてもらうつもりだが」

「そう、桃ちゃんが……」

航平は胸を痛めたが、すぐ店を辞めるわけではないらしい。

そして航平は、桃子が所帯を持つなら情交の時、もう中に射精しても大丈夫ではないか、などと思ってしまった。

そして桃子の縁談話と同時に、尚美のことも心配になった。

こうしたことは、身辺で連続するような気がしたのである。

「私もまた、近々大陸の方へ行ってくる」

「そうなのですか……」

すると吟香が言い、また航平は胸を疼《うず》かせた。

知り合いになった良い人たちが、どんどん変化してゆくのだ。まあ、それが生きてゆくということなのだろう。

しかし吟香は航平の気持ちなど知らず、カツレツを口に運んでは話をした。

「ああ、仙蔵の捕り物の記事読んだよ。如月さんの文章も良いが、絵があるので実に迫力があった」

「有難うございます。仁吉のことも間もなく載ると思いますので」

「そうか、どんどん絵を描いて有名になるといいよ」

吟香は言い、やがて二人で食事を終えて会計を済ませると、彼は航平を近くにあるカフェーに誘ってくれた。

航平も初めてカフェーに入り、コーヒーを注文し、蓄音機から流れている『埴生《はにゅう》の宿《やど》』の歌を聴いた。

吟香は、女給を同席させて話すでもなく、航平とばかり話をしたのだった。

第六章　快楽の日々よいつまで

一

「何百倍も、全く大きさの違う太陽と月が、地球から見るとほぼ同じ大きさに見える。これは奇蹟中の奇蹟らしいが、そのため昼と夜という、陰陽の考えが大陸に広まった」

吟香がコーヒーをすすりながら航平に言う。

「陰陽ですか」

「うん、世の全ては陰と陽の二つであるという考え方だ。すなわち昼と夜、男と女、天と地、陸と海、過去と未来、善と悪」

「ははあ……」

「だが、日本は二つではなく、三にしたのだ」

「三、ですか……」

「そう、天地人、衣食住、過去現在未来、黒と白と灰色、グーチョキパー、男と女と子供。すなわち三は安定だ」

「なるほど……」

「ちなみに三種の神器の剣と鏡と勾玉《まがたま》は、男と女と胎児だ」

確かに、剣は男根を表し、勾玉は胎児の格好をしている。鏡がなぜ女性器かというと、神社は女性器を表していたのだ。杜《もり》がありお宮（子宮）があり、参道があって鳥居がある。そのお宮に鏡が飾られている。

「もう一つ、大陸には風水という考えがある。人に最も大切な空気と水で、その気脈や水脈をたどって幸運を導くというものだ」

「幸運の方角とか場所とかいうものですか」

「そうだ。北に山、東に川、南に海、西に道。正に大陸そのものに地の利があり、それで世界の真ん中ということで中国と称した。日本も平安京に江戸、鎌倉など地の利の良いところに都が出来た」

　吟香が言い、航平は興味深く聞いた。

「日本も歴史は古いが、維新以来、諸外国に目を向けるようになってからはまだまだ赤ん坊だ。背伸びして文明や軍備に躍起になっているが、新旧入り交じって混沌としておる。一人前になるには、あと百年はかかろう」

「百年……、では新世紀になったら心機一転、奮闘しないとなりませんね。次の世紀まで」

「ああ、自分の道を突き進むといい」

　吟香が言うと、蓄音機の音が止み、女給たちが客と合唱しはじめた。

　何をくよくよ川端柳　焦がるる　何としょ　水の流れを見て暮らす
　東雲のストライキ　さりとは辛いね　てなことおっしゃいましたかね～

　娼妓たちのストライキを歌った『東雲節《しののめぶし》』である。

「じゃ出ようか」

笑みを含んで女給たちを眺めていた吟香が言い、航平もコーヒーを飲み干して腰を上げた。

外に出ると夜風が心地よかった。まだまだ銀座は人の往来が多い。

二人で歩き、楽善堂に来ると吟香は入ってゆき、航平は路地を抜けて銭湯に行ってから家に戻った。

やはり尚美は麴町に泊まりらしい。

内側から施錠して上がり込み、航平は服を脱いで浴衣に着替え、布団に横になった。

(陰陽に風水、日本は三か……)

彼は思い、三といえば、尚美、貴子、桃子の三人を思い浮かべてしまった。

そして明日に期待し、間もなく深い睡りに落ちていったのだった……。

——翌朝、航平は起きて洗顔と歯磨き、厠を済ませると、服を着て楽善堂に行った。

厨に入ると、桃子ではなく四十代半ばほどの美女が炊事をしていた。

航平が名乗ると、彼女は勝子《かつこ》、吟香の三番目の妻であった。聞くと吟香より二十歳年下で、嫁《か》したときは十六歳だったという。

「そう、尚美さんの弟さん」

「はい、よろしくお願いします」

彼は答え、出してくれた干物と漬け物、味噌汁で飯を食った。

今日は朝から吟香も、子供たちもいないらしい。

やがて食事を終えると航平は勝子に礼を言い、また家へと戻った。スケッチに出ても良いのだが、尚美が帰ってくるような気がしたのだ。

すると間もなく玄関が開いたので出ると、何と尚美ではなく桃子であった。

「やあ、どうしたの」

「ええ、ゆうべは日本橋の家に泊まってたの」

「うん、知ってる。とにかく上がりなさい」

航平は言い、期待に股間を疼かせながら玄関を内側から施錠した。

急に尚美が帰ってくるといけないし、戸が閉まっていれば楽善堂か明治新報へ行くだろう。

自分の部屋に招くと、桃子はほんのり頬を紅潮させて言った。

「実は、縁談が決まったの」

「そう、相手はどんな？」

「一つ上の幼馴染みで、日本橋の料理屋の次男。今は銀座の洋食店で働いて修業中だけど、早く所帯を持てって双方の親が」

「それで、好きなんだね？」

少々胸を痛めながら訊くと、桃子は小さくこっくりした。

「それならいい」

「ええ、しかも銀座に住んでいるから、私もすぐ楽善堂を辞めなくて済むので」

桃子は楽善堂が好きらしく、所帯を持ったあとも働きに通ってもらいたいという吟香の願いは叶ったようだ。

「それで婚儀は？」

「次の吉日に」

「すぐだね。今度、二人揃ったところを描いてあげよう。僕には、それぐらいしかお祝いできないからね」

「ええ、有難う」

桃子ははにかみ、大事な報告を楽善堂の前に寄ってくれたことが航平は嬉しかった。

「それで、もう許婚が出来たのだから、僕とは何も出来ない？」

ムクムクと勃起しながら、駄目元で訊いてみた。

「ううん、航平さんとの出会いは私の宝物だから。それにまだ彼と夫婦になったわけでもないのだし」

桃子が言い、航平は淫気を満々にさせてしまった。

この分なら、婚儀を済ませて人妻になってからも、何かと会って情交出来るかも知れないと思った。

「じゃ、脱ごうか、いい？」

勢い込んで言うと、桃子も頷いて立ち上がり、帯を解きはじめてくれた。

彼も手早く服を脱いで全裸になり、布団に横になると脱いでゆく桃子を見ながら待った。

間もなく所帯を持って夫と情交するだろうから、今日は中に射精しても構わないだろう。桃子が、どちらの子を孕むか分からないが、それは神様が決めることである。

航平は勝手に思いながら、桃子も合意の上で全て脱ぎ去り、一糸まとわぬ姿になって添い寝してきた。

彼は身を起こし、仰向けになった桃子を見下ろし、乳房に屈み込んでいった。

あるいはこれが、独身時代に触れる最後になるかも知れない。

チュッと乳首に吸い付いて舌で転がし、生ぬるく甘ったるい体臭と顔中で膨らみを味わうと、

「あん……」

桃子がビクリと反応し、熱く喘ぎはじめた。

やはり彼女も、今までとは微妙に違う心持ちで、背徳感が加わっているかも知れない。

左右の乳首を交互に含んで舐め回し、腋の下にも鼻を埋め込んで嗅ぐと、湿った和毛には今までで一番濃く甘ったるい汗の匂いが沁み付いていた。

やはり相手が決まったことと、それを報告に来ることで相当に緊張していたのだろう。

それに尚美と三人で戯れたときよりも、やはり一対一の淫靡さに包まれているようだった。

「あう、くすぐったいわ……」

腋の下を舐めると、桃子がクネクネと身悶えて呻いた。

航平は滑らかな肌を舐め降り、臍を探り、張り詰めた下腹の弾力を顔中で味わうと、例によって股間を後回しにして、腰から脚を舐め降りていった。

ムチムチと張りがあって健康的な脚を賞味し、足裏を舐め回して指の間にも鼻を埋め込んだ。

今日も指の股は汗と脂にジットリ湿り、ムレムレの匂いが濃く沁み付いて鼻腔が刺激された。充分に嗅いでから爪先にしゃぶり付き、舌を割り込ませ、両足とも全ての味と匂いを貪り尽くしたのだった。

二

「アア、駄目、今日はいっぱい歩いたので……」

桃子が腰をくねらせて喘ぎ、航平の口の中で足指を縮めた。

ようやく口を離すと、彼は桃子をうつ伏せにさせ、踵から脹ら脛を舐め上げていった。

やはり対抗心からか、新郎が触れない隅々まで味わいたいのである。

汗ばんだヒカガミから太腿、尻の丸みをたどり、腰から滑らかな背中を舐め上げていくと淡い汗の味が感じられた。

「あう、背中、くすぐったいわ……」

桃子が顔を伏せて呻き、じっとしていられないように身を震わせた。

肩まで行って耳の裏側と桃割れの髪を嗅ぎ、うなじに舌を這わせ、再び背中を舐め降りて尻に戻っていった。

うつ伏せのまま彼女の股を開き、顔を寄せて指でムッチリと尻の谷間を広げると、可憐な蕾がひっそり息づいていた。

鼻を埋めて嗅ぐと、秘めやかに蒸れた匂いが鼻腔を掻き回し、弾力ある双丘が顔中に密着してきた。

美少女の恥ずかしい匂いで胸を満たしてから舌を這わせ、細かに収縮する襞を濡らしてからヌルッと潜り込ませ、滑らかな粘膜を味わうと、

「く……」

桃子が呻き、キュッときつく肛門で舌先を締め付けてきた。

新郎はここまで舐めるだろうか。

いや、共に暮らしたら、愛は育つがそう年中は情交せず、快楽はなおざりになっていくだろう。

ならば愛は夫と育み、快楽は航平としてもらいたいものだ。

彼は執拗に舌を蠢かせ、ようやく顔を上げると再び桃子を仰向けに戻した。

彼女も素直に寝返りを打ち、航平は片方の脚をくぐって股間に顔を寄せた。

白く弾力ある内腿を舐め上げ、熱気と湿り気の籠もる股間に迫ると、すでに割れ目は溢れる蜜でヌルヌルに潤っていた。

航平は堪らず、ぷっくりした丘に鼻を埋め、楚々とした若草に鼻を擦りつけて嗅いだ。

やはり隅々には、蒸れた汗とゆばりの匂いが濃厚に沁み付き、悩ましく胸を満たしてきた。可愛らしい匂いを貪りながら舌を挿し入れると、淡い酸味を含んだ大量の蜜が迎えた。

彼は膣口の襞をクチュクチュ掻き回して味わい、ゆっくり柔肉をたどって小粒のオサネまで舐め上げていった。

「アアッ……、い、いい気持ち……！」

桃子がビクッと顔を仰け反らせて喘ぎ、キュッときつく内腿で彼の顔を挟み付けてきた。

航平はもがく腰を抱え込んで押さえ、執拗にチロチロとオサネを舐めては、溢れる淫水をすすり、味と匂いを堪能した。

「も、もう駄目、いきそう……、アアーッ……！」

桃子がガクガクと腰を跳ね上げて喘ぎ、小さく気を遣ってしまったようだ。

彼女がグッタリとなると、航平はようやく顔を離して股間を這い出し、添い寝していった。

そして桃子の手を握って一物に導くと、彼女もやんわりと手のひらに包み込みニギニギと愛撫してくれた。

「ああ、気持ちいい……」

航平はうっとりと喘ぎ、美少女の手の中でヒクヒクと幹を震わせた。

やがて桃子の呼吸が整った頃合を見計らい、彼女の顔を股間へと押しやった。

すると桃子も素直に移動し、股間に陣取ると幹に指を添え、先端に口を寄せてくれた。

　粘液の滲む鈴口をチロチロと舐め、張り詰めた亀頭をくわえると、そのままスッポリと喉の奥まで呑み込んでいった。

「ああ……」

　航平は、股間に美少女の熱い息を感じながら快感に喘いだ。

　桃子も深々と含むと幹を丸く締め付け、笑窪の浮かぶ頰をすぼめて吸い、口の中ではクチュクチュと舌をからめてくれた。

　彼自身は、滑らかな舌の蠢きと清らかな唾液に濡れ、ジワジワと絶頂を迫らせていった。

「い、いきそう、入れたい……」

　航平が言うと、すぐ桃子もチュパッと口を引き離すと、再び添い寝してきた。

　彼は入れ替わりに身を起こし、桃子の股を開かせて股間を進めた。

　幹に指を添え、唾液に濡れた先端を陰戸に擦り付け、位置を定めるとゆっくり膣口に挿入していった。

　張り詰めた亀頭が潜り込むと、あとは潤いでヌルヌルッと滑らかに根元まで嵌まり込んだ。

「アア……」

桃子が目を閉じて喘いだ。もう挿入の痛みはなく、むしろ早く尚美のように激しく気を遣りたいようだった。

航平は肉襞の摩擦と温もり、潤いと締め付けを味わいながら股間を密着させ、脚を伸ばして身を重ねていった。

桃子も両手を回してしがみつき、彼はまだ動かず、温もりと感触に包まれながら、上からピッタリと唇を重ねた。

舌を挿し入れ、滑らかな歯並びを舐め回すと、彼女も歯を開いて受け入れた。

舌をからめると、桃子の舌もチロチロと滑らかに蠢き、彼は感触と潤いを味わいながら、徐々に腰を動かしはじめていった。

「アア……、感じる……」

桃子が口を離し、熱く喘いで収縮を強めた。

今まで何度となく挿入したので、徐々に膣感覚の快楽が芽生えはじめてきたのかも知れない。

「中に出してもいい？」

訊くと、桃子も頷いた。

彼もいったん動きはじめると、快感に腰が止まらなくなり、いつしか股間をぶつけるように激しい律動を開始していた。

「アア……、すごい、奥が熱いわ……」

桃子もズンズンと股間を突き上げて喘ぐと、彼の胸の下で押し潰れた乳房が弾み、恥毛が擦れ合い、コリコリする恥骨の膨らみも伝わってきた。

彼女の口から吐き出される熱い息が、濃厚に甘酸っぱい果実臭を含み、彼の鼻腔を湿らせながらうっとりと胸に沁み込んできた。

航平は桃子の喘ぐ口に鼻を押し込み、美少女の吐息を嗅ぎながら動き続けるとたちまち大きな絶頂の荒波に押し流されてしまった。

「い、いく、気持ちいい……！」

彼は熱く呻き、初めて桃子の中に射精する快感と感激に包まれた。

「あう、熱い……、アアーッ……！」

噴出を感じた桃子も、それで気を遣るスイッチが入ったかのように声を上ずらせ、ガクガクと狂おしい痙攣を開始したのだった。

収縮が増すと彼も快感を高め、激しく動きながら心置きなく最後の一滴まで出し尽くしていった。

すっかり満足しながら徐々に動きを弱め、力を抜いてもたれかかっていくと、

「アア……」

桃子も肌の硬直を解いて喘ぎ、グッタリと身を投げ出していった。

まだ膣内は息づくような収縮が繰り返され、過敏になった幹が内部でヒクヒクと震えた。

「あう……、もう駄目……」

桃子も敏感になり、呻きながら締め付けを強めた。

航平は身を預け、桃の実に似た匂いの息を間近に嗅ぎながら、うっとりと快感の余韻を味わったのだった。

重なったまま呼吸を整え、彼はそろそろと身を起こして股間を引き抜いた。

チリ紙を引き寄せて手早く一物を拭い、陰戸を覗き込むと、さすがに激しく動いただけあり、膣口から逆流する精汁に、うっすらと鮮血が混じっているのが認められた。

しかし量は少なく、すでに止まっているようだ。

「強く動いたけど、大丈夫だった？」

「ええ、何だか、すごく気持ち良くなって、訳が分からなくなったわ……」

訊くと、桃子が起きる気力もないように息を弾ませて答えた。

「初夜の時は、何も知らない振りをするんだよ。自分からあれこれしたり求めたりしないように」

「分かってるわ。大丈夫……」

言うと、桃子も答え、ようやく呼吸が整うと、彼女も航平に支えられながら身を起こした。

そして一緒に井戸端へ行って身体を流し、身体を拭いて戻ると身繕いした。

「じゃ私、楽善堂に行きますね」

「うん、じゃまた」

航平は答え、玄関の鍵を開けて出てゆく桃子を見送った。

幸い、尚美は帰ってこなかったようだが、逆に遅いので心配になった。

やがて少し休憩すると、航平も服を着て、画帖を持って家を出た。

そして定食屋で昼飯を済ませると、またスケッチをして、あちこちの馬車鉄道や乗合馬車、人力車などの風景を描いたのだった。

三

「おお、ずいぶん描いたな。紙面が賑やかになっていい」

日が傾く頃、航平が明治新報に寄って絵を渡すと、文二郎も感心して受け取ってくれた。

するとそのとき尚美が入って来たのである。

「ああ、来ていたの？」

「お帰りなさい」

航平は、いつもと変わらぬ様子の尚美に安心しながら言った。

「どうだった、麴町の方は」

「ええ、大河原家の後始末は全て終えました。父からは新たな見合い相手を紹介されたけど断り続け、姉も味方してくれたので、どうやら父も諦めてくれたようです」

文二郎に訊かれ、尚美はすっきりした笑顔で答えた。

やはり自由に生きたいと、父親を説得するのに時間がかかったのだろう。

「そうか、じゃ明日から引き続き、航平君と取材に出向いてくれ」

「はい、では今日はこれで」

尚美は答え、航平と一緒に明治新報を出た。

そしてレストランに入り、尚美も上機嫌らしくビールを頼んだ。航平は、先日吟香にカツレツを奢ってもらったので、今夜は少し値段の下がるコロッケ定食にした。

「桃ちゃんが所帯を持つそうです」

「まあ、そうなの？」

航平が言うと、尚美が驚いて答えた。彼も、新郎が銀座で見習コックをしているので、桃子もしばらくは楽善堂で働き続けることを話した。

「そう、桃割れが似合ってたのに、姉みたいに丸髷にするのかしら。でも、みんな変わっていくのも仕方ないわね」

「ええ、吟香先生も、また大陸を行き来するようですし」

「私も変わらないと。やりたいことがいっぱいあるし。もちろん航平もね」

「はい、自立を目指して頑張りますので」

航平は答え、やがて食事を済ませると、今夜は尚美もあまりビールを注文せずに腰を上げた。

閉まっている楽善堂の脇を通って家に帰ると、尚美は真っ直ぐに彼の部屋に入って来た。

「ああ、会いたかったわ。ほんの一晩なのに、麴町にいるとすごくここが懐かしくて……」

尚美が言い、航平をきつく抱きすくめてきた。

彼も、尚美に会っていない間は貴子や桃子と情交していたのだが、やはり一番好きな尚美が会いたかったと言ってくれるのは、舞い上がるほど嬉しかった。

「ちょ、ちょっと流してきますので……」

「いいわ、このままで。脱ぎましょう」

尚美が身を離して言い、すぐにも自分から脱ぎはじめていった。

航平も、午後は歩き回ったが、昼前に桃子と済んだあと流したので構わないだろうと、手早く脱ぎ去った。

尚美はメガネも外して置き、互いに一糸まとわぬ姿になると布団に横たわり、彼は甘えるように尚美に腕枕してもらった。

腋の下に鼻を埋め、生ぬるく湿った腋毛に籠もる濃厚に甘ったるい汗の匂いで胸を満たしながら、柔らかな乳房を揉み、指で乳首を弄んだ。

「ああ、いい気持ち……」

尚美がうっとりと喘ぎ、彼の額に唇を押し付けてくれた。

濡れた唇の感触が心地よく、航平はビクリと反応し、白い首筋を舐め上げて唇を求めた。

尚美もピッタリと重ねてくれ、ネットリと舌をからめた。

滑らかな舌が蠢き、熱い鼻息が彼の鼻腔を湿らせた。航平は清らかな唾液を味わい、その間も乳首をいじり続けた。

「アア……」

尚美が口を離し、熱く喘いだ。

吐息は彼女本来の甘い花粉臭を含み、それに夕食の名残でほのかな玉ネギ臭も混じってゾクゾクと鼻腔が刺激され、彼は激しく興奮を高めた。

やはり尚美から出れば、全て芳香に感じるのである。

正に興奮と安らぎの匂いで、うっとりと体から力が抜けるのに、一物だけはピンピンに突き立ってしまうのだった。

吟香の言う風水とは、人にとって最も大切な空気と水ということだが、航平の風水は尚美の吐息と唾液、もしくは全ての匂いと体液だった。

「いい匂い……」

航平は、尚美の喘ぐ口に鼻を寄せてうっとりと息を嗅いで言った。

「本当？」

「うん、小さくなって尚美姉さんのお口に入ってみたい」

「それで？」

「細かく嚙んで飲み込んで欲しい」

「食べられたいの？」

「おなかの中で溶けて栄養にされたい」

「莫迦《ばか》ね、寝言言わないの。お前は一人前の絵描きになるのよ。それより早く私の身体中を舐めて気持ち良くさせなさい」

尚美が彼の髪を撫でながら言い、仰向けの受け身体勢になった。

航平も顔を移動させ、彼女の乳首にチュッと吸い付いて舌で転がし、顔中で柔らかな膨らみを味わった。

もう片方も含んで舐め回し、口と指で左右の乳首を愛撫すると、

「アア……、いい……」

尚美がクネクネと悶えて喘ぎ、彼の髪を両手で掻き回した。

航平は両の乳首を充分に味わい、もう片方の腋の下にも鼻を埋め、悩ましい体臭でうっとりと胸を満たしてから、滑らかな肌を舐め降りていった。

形良い臍を探り、下腹の弾力を味わってから、腰の丸みをたどり脚を舐め降りていった。

尚美も、すっかり彼の愛撫の順序を心得たように身を投げ出している。

航平は丸い膝小僧から脛を舐め降り、足首まで行って足裏に回り込んだ。

踵から土踏まずを舐め上げ、形良く揃った足指の間に鼻を押し付けると、今日もさんざん歩いたのか、生ぬるい汗と脂にジットリ湿り、蒸れた匂いが悩ましく沁み付いていた。

彼はムレムレの匂いを貪って鼻腔を刺激され、爪先にしゃぶり付いて順々に指の股に舌を割り込ませて味わった。

「あう……」

尚美が呻き、指で舌先を挟み付けてきた。

航平は両足とも味と匂いが薄れるほど貪ってから、彼女を大股開きにさせ、脚の内側を舐め上げていった。

白くムッチリと張りのある内腿をたどり、股間に迫ると、陰戸は蜜汁が大洪水になって熱気を籠もらせていた。

堪らず茂みに鼻を埋め、汗とゆばりの蒸れた匂いで鼻腔を満たしながら、陰唇の間に舌を挿し入れていった。

息づく膣口の襞を搔き回すと、淡い酸味のヌメリですぐにも舌の動きがヌラヌラと滑らかになった。

ゆっくりオサネまで舐め上げていくと、

「アア、いい気持ち……」

尚美が顔を仰け反らせて喘ぎ、内腿でキュッときつく彼の両頰を挟み付けてきた。

った。
航平は腰を抱え、チロチロと執拗にオサネを舐め回しては、新たに溢れる淫水をすす
った。
そして味と匂いを堪能すると、彼女の両脚を浮かせて尻に迫った。
谷間にひっそり閉じられた薄桃色の蕾に鼻を埋めると、顔中に弾力ある双丘が密着
し、蒸れて籠もる秘香が悩ましく鼻腔を刺激してきた。
充分に貪ってから舌を這わせ、襞を濡らしてヌルッと潜り込ませ、滑らかな粘膜を
味わった。
「く……」
尚美が呻き、キュッと肛門で舌先を締め付けてきた。
彼は舌を蠢かせながら、いつか貴子のようにこの穴にも挿入して、尚美の肉体に残
った最後の初物を頂きたいと思った。
味わってから舌を引き離し、脚を下ろして再び陰戸に鼻と口を埋め、左手の人差し
指を唾液に濡れた肛門に浅く潜り込ませ、右手の指も膣口に押し込んでオサネに吸い
付いた。
それぞれの内壁を指で小刻みに擦ると、

「あう……、駄目、いきそうよ……」

尚美が呻き、クネクネと狂おしく悶えて前後の穴で彼の指を締め付けた。

やがて航平は舌を引っ込め、それぞれの穴からヌルッと指を引き抜いた。

膣内にあった指は、攪拌されて白っぽく濁った粘液にまみれ、肛門に入っていた指からは微香が感じられた。

すると尚美が身を起こし、入れ替わりに彼を仰向けにさせた。

四

「今度は私。お返しよ……」

尚美が息を弾ませて言い、大股開きにさせた航平の股間に腹這いになった。

そして彼の両脚を浮かせ、尻の谷間にチロチロと舌を這わせ、自分がされたようにヌルッと潜り込ませてきたのだ。

「あう……」

航平は妖しい快感に呻き、肛門で美女の舌先を締め付けた。

尚美が熱い鼻息でふぐりをくすぐり、中で舌を蠢かせると、勃起した肉棒がヒクヒクと上下して粘液を滲ませた。

彼女は舌を出し入れさせるように動かしてから、ようやく脚を下ろして舌を引き離し、ふぐりにしゃぶり付いて二つの睾丸を転がした。

袋を生温かな唾液にまみれさせると、尚美は前進して肉棒の裏側をゆっくりと舐め上げてきた。

滑らかな舌先が先端まで来ると、彼女は粘液の滲む鈴口を舐め回し、張り詰めた亀頭にしゃぶり付いた。

「ああ、男の子の匂い……」

尚美は呟き、丸く開いた口でモグモグとたぐるように喉の奥まで呑み込んでいった。

熱い鼻息が恥毛をくすぐり、快感の中心部がスッポリと美女の温かく濡れた口腔に包み込まれた。尚美は幹を締め付けて吸い、クチュクチュと舌をからめて彼自身を唾液にまみれさせてくれた。

「ああ、気持ちいい……」

航平がズンズンと股間を突き上げて喘ぐと、先端がヌルッと喉の奥の肉に触れた。

「ンン……」

尚美が呻き、新たな唾液をたっぷり溢れさせながら、顔を小刻みに上下させ、スポスポと強烈な摩擦を開始してくれた。

溢れた唾液がふぐりの脇を生温かく伝い流れ、彼の肛門の方まで濡らした。

「い、いきそう……」

すっかり絶頂を迫らせた航平が言うと、尚美もすぐにスポンと口を離して身を起こした。

「上から入れていい？」

「ええ、その前にメガネを掛けて」

言うと、彼女もすぐに枕元のメガネを掛けてくれた。やはり最初に出逢ったときの顔がいちばん好きなのだ。

尚美は前進し、仰向けの彼の股間に跨がってきた。

そして先端に濡れた割れ目を押し当て、自ら指で陰唇を広げながら位置を定めると、息を詰めてゆっくり腰を沈み込ませた。

張り詰めた亀頭が膣口に潜り込むと、あとは大量の潤いで彼自身はヌルヌルッと滑らかに根元まで呑み込まれていった。

「アアッ……、いいわ……！」

尚美がピッタリと股間を密着させて座り込み、顔を仰け反らせて喘いだ。

そして若い一物を味わうようにキュッキュッと締め上げ、彼も肉襞の摩擦と収縮、潤いと温もりに包まれて高まった。

まだ律動せず、尚美はグリグリと股間を擦り付けながら屈み込み、彼の乳首にチュッと吸い付いてきた。彼が好むのを知っているので、綺麗な歯並びでキュッと乳首を噛んでくれた。

「あう、気持ちいい……」

航平も甘美な刺激に呻き、膣内の幹をヒクヒクと上下させた。

尚美は左右の乳首を舌と歯で愛撫すると、上から唇を重ねて身を重ねてきた。

彼も両手を回して抱き留め、両膝を立てて蠢く尻を支えた。

執拗に舌をからめると、互いの混じり合った息でレンズが曇った。

「唾を出して、いっぱい……」

口を触れ合わせたまませがむと、尚美も殊更に多めの唾液を分泌させ、トロトロと口移しに注いでくれた。

彼は生温かく小泡の多い唾液をうっとりと味わい、喉を潤して甘美な悦びで胸を満たした。

すると彼女が徐々に腰を動かしはじめ、航平も合わせて下からズンズンと股間を突き上げた。

すぐにも互いの動きが一致し、股間をぶつけるように激しく動きはじめると、淫水で律動が滑らかになり、クチュクチュと淫らに湿った摩擦音が響いてきた。

「アアッ……、すぐいきそうよ……」

尚美が口を離して喘ぎ、締め付けと潤いを増してきた。

航平は、濃厚な花粉臭の吐息を嗅ぎながら突き上げを強めた。

「噛んで……」

言うと、尚美も彼の頰に軽く歯を立て、咀嚼するようにモグモグと動かしてくれた。

「ああ、気持ちいい……」

航平は、大好きな美女に食べられていくような快感に包まれて喘いだ。

尚美も、彼の左右の頰や唇を噛んでくれ、さらに大きく開いた口で鼻を覆い、下の歯並びを鼻の下に引っかけてくれた。

「舐めて……」

さらにせがむと、尚美も腰を遣いながら舌を左右に蠢かせ、彼の鼻の穴をチロチロと舐め回してくれた。

航平は、尚美の口の中の濃厚にかぐわしい匂いでうっとりと鼻腔を満たし、急激に絶頂を迫らせていった。

この位置だと、間近に迫った尚美の鼻の穴が丸見えになり、何とも艶めかしい眺めだった。もちろん言うと嫌がるだろうから、黙って見つめながら快感を嚙み締めた。

すると、尚美がガクガクと全身を小刻みに痙攣させはじめ、粗相したかと思うほど大量の淫水を漏らし、互いの股間をビショビショにさせた。

「い、いっちゃう……、すごいわ……、アアーッ……！」

たちまち尚美が声を上ずらせ、狂おしく全身を悶えさせながら激しく気を遣ってしまった。

その収縮に巻き込まれるように、続いて航平も昇り詰め、溶けてしまいそうに大きな絶頂の快感に全身を貫かれていった。

「く……！」

呻きながら、ありったけの熱い精汁をドクンドクンと勢いよく中にほとばしらせると、

「あ、熱いわ、もっと出して……、アア……！」

噴出を感じた尚美が駄目押しの快感に口走り、締め付けを強めながら彼の上で乱れに乱れた。

航平は彼女の口に顔中を擦りつけ、清らかな唾液でヌルヌルにまみれながら快感を嚙み締め、心置きなく最後の一滴まで出し尽くしていった。

満足しながら突き上げを弱めていくと、

「アア……、今までで一番良かったわ……」

尚美も肌の強ばりを解きながら言い、力を抜いてグッタリともたれかかると、遠慮なく彼に体重を預けてきた。

航平は重みと温もりを受け止め、まだ息づいている膣内に刺激され、ヒクヒクと過敏に幹を跳ね上げた。

「ああ、動いてる……」

尚美が言い、応えるようにキュッキュッときつく締め上げてきた。

航平は尚美を乗せたまま身を投げ出し、美女の吐き出す熱く濃厚な花粉臭の息と唾液の匂いを間近に嗅いだ。

そして、かぐわしく悩ましい湿り気で胸を満たしながら、うっとりと快感の余韻を味わった。

呼吸を整えながら、彼は自立を目指して頑張ろうという気持ちと同時に、いつまでもここで尚美に飼われていたいと思ってしまったのだった……。

五

「桃ちゃん、結婚が決まったようね、お目出度う」

翌朝、二人で楽善堂へ行くと、尚美が桃子に言った。

「ええ、でもしばらくは今まで通りです」

桃子も羞じらいながら答えた。

ただ婚儀を終えれば楽善堂の住み込みは止め、近くに住む彼と一緒に暮らして通うようだ。

「婚儀はどこで?」

「親戚を集めて、三丁目の天國《てんくに》で」

「天麩羅屋さんね。豪勢だわ。双方のご両親も奮発したのね。もちろん私も航平や吟香先生たちとお祝いに駆けつけるから」

「ええ、親戚はそんなに多くないので、来てもらえると嬉しいです」

桃子が笑窪を浮かべて答える。

それぞれの親も、まあまあ裕福な方らしく、あと呼ぶのは新郎の店の人ぐらいなのだろう。

吟香は不在で、大陸へ渡る準備に忙しいらしい。

やがて朝食を終えると、航平と尚美は楽善堂を出て、明治新報へと行った。

二階では、今日も文二郎が巨体を揺すって書き物をしていた。

「おお、忙しくなるぞ。近々、パリから二人が帰ってくるしな、東京市内の開発事業も進んでいる」

文二郎が言い、箇条書きにした今後の取材メモを尚美に渡してきた。

「夏目金之助《きんのすけ》の渡欧、新政権の構想、与謝野寛《よさのひろし》と鳳晶子《ほうあきこ》の恋、娼妓の自由廃業運動、軍艦三笠の進水……」

「ああ、政界の連中はなかなか会ってくれないだろうからな。行きやすいところから順々に出向いてくれ」

「分かりました」

尚美は答えた。

金之助は、文部省から英語研究のため英国留学を命じられたが、今は熊本の第五高等学校で講師をしているので、取材は帰京を待たねばならない。

娼妓の廃業運動は、先日聴いた東雲節の流行もあるが、どうも尚美の任ではない気がした。

そうなると与謝野寛と晶子への取材が、最も相応《ふさわ》しいのではないか。

しかし不倫中の晶子は大阪在住なので、取材はまず寛（鉄幹）だ。

二十七歳の寛は東京新詩社を創立し、雑誌『明星』を発行したばかりで麴町に住んでいる。

航平も目を通したことのある明星は、北原白秋《きたはらはくしゅう》、吉井勇《よしいいさむ》、石川啄木《いしかわたくぼく》などを見出し、多くの詩人や歌人が注目していた。

尚美は文二郎に東京新詩社への取材申し込みを頼み、いったん航平と二人で外へ出た。

「明星は読んだ?」

「ええ、でも僕はロマン主義の詩情溢れるものより、鏡花《きょうか》の『高野聖《こうやひじり》』なんかの方が妖しくて好きでした」

銀座通りを一緒に歩きながら、航平が答えたとき、横からいきなり来栖刑事に声を掛けられた。

「ちょっと尾行して似顔を描いてもらいたい奴がいるんだが」

来栖が航平に言った。

「いま新報の仕事中なんですが」

尚美が言うと、ただブラブラしているだけじゃないかといった感じで来栖はジロリと尚美を見た。

「ほう、あんたが高宮少将の娘さんか」

「そうですけど」

「この界隈《かいわい》じゃ吟香さんと同じぐらい有名らしいな。いや、大した手間じゃない。掏《す》摸《り》の顔を描いてくれるだけでいいんだ。間もなくこっちへ来る」

来栖は、周囲に目を光らせながら言った。どうやら先回りしたところへ、航平を見かけたらしい。何しろ現行犯でなければ捕縛できないから、まずは人相書きを手にしたいのだろう。

「掏摸……」

「ああ、富田銀蔵《とみたぎんぞう》という名で、多くの子分を持つ掏摸の親分、通称仕立屋の銀次という男だ」

銀次とは、奇しくも吟香の本名と同じである。

「航平、顔一枚描くだけなら協力してあげて。新報の記事に使えるかも知れないから」

「分かりました」

「ああ、来た。あの高そうな着物を着た男だ」

来栖は言い、航平が確認すると、すぐ彼は路地に身を隠した。あまりに来栖の顔も知られているのだろう。

航平は画帖を開くと目立つので、尚美と一緒に散策の風を装いながら、近づいて来る男を見た。

三十代前半の痩せた男だが、さすがに目の配りや身のこなしに隙が無く、颯爽と早足に歩いてきた。

もちろん航平は、一目見ればあとから細部まで描くことが出来るので、何気なく銀次とすれ違い、何も気づかずに彼が行き過ぎてしまうと、画帖を開いて鉛筆で素描《そびょう》した。

そこへ、物陰から来栖が出てきた。

「奴は主に列車の中で掏摸を働くんだが、最近は繁華な町にも出張るようになってきたんだ。ほう、さすがに上手いな」

来栖は画帖を覗き込みながら言い、航平も三分ほどで銀次の顔を仕上げた。

「こんなものでどうでしょう」

「わあ、さっきの男そっくり」

航平が差し出して言うと尚美は絵を見て歓声を上げ、来栖も受け取った。

「有難う。これで助かる。似顔描きの時は一枚いくらもらってた？」

「一銭です」

「そうか」

彼が答えると、来栖は財布から一銭を出し、律儀に渡してきた。

「いいですよ、お上の御用だから」

「そう言うな。じゃまたな」

来栖は一銭を渡して言うと、似顔の絵を丸めて銀次の去った方へ足早に歩いて行った。

「恐そうな顔だけど、案外ちゃんとしているわね」

「ええ」

航平は答え、もらった一銭をポケットに入れた。

そして二人は散策しながら航平はスケッチをし、昼食を挟んで午後も銀座界隈を歩き回ったのだった。

翌日にも、二人は東京新詩社の与謝野寛を訪ねて取材し、航平も許可をもらって社屋の風景や寛の顔を描いた。

ただ、やはり晶子がいないので男女の話はなかなか聞けず、寛による明星の意気込みばかりが語られたのである。

昼は取材で歩き回り、夜は尚美と情交し、そんな日々を送っているうち、やがて吉日となって桃子の婚儀が執り行われた。

銀座三丁目の天國で披露宴が行われ、双方の親や親戚、働く店の人たちが集まって会食した。

もちろん航平と尚美も参加したが、やはり大陸へ渡る準備で忙しい吟香は祝い品だけ届けると、桃子と親に挨拶だけして帰ってしまった。

「わあ、綺麗だ」

航平は、綿帽子の桃子を遠目に見て言った。

しかし、この新婦の初物を頂いたのが航平だということを、尚美以外の誰も夢にも思っていないだろう。

それを思うと、航平は誇らしげに股間を疼かせ、桃子の味や匂いを甦らせてしまった。

新郎も真面目そうな男で、二人とも若いが早く落ち着かせるため双方の親が急がせたようだった。

（あの男が今夜、初夜で桃子を抱くんだな。爪先や尻まで舐めるような良い男だと良いんだけど……）

航平は思い、反面桃子が不満を持てば、また自分のところへ来てくれるだろうという期待も抱いてしまった。

たまに桃子が、チラチラと航平の方へ目を向けたが、もちろん寂しげな様子は見せず、笑窪を浮かべ明るい表情で新郎の隣に座していた。

航平は尚美と並んで会食をし、充分に天麩羅を頂いてから会場をあとにしたのだった。

「良い式でした」

「ええ、明日は桃ちゃんも楽善堂を休んで、明後日からいつものように厨で働いているでしょう。髪型と着物は替わるかも知れないけど」

尚美が言い、航平は彼女の前ではあるが、人妻となった桃子とも、早く情交してみたいと思ってしまったのだった。

そして数日後、楽善堂の厨で吟香の壮行会が行われた。

明朝には吟香は経ち、舞鶴《まいづる》から船で大陸へ行くようだ。

あまり大げさな壮行会は苦手なようで、吟香も厨で身内だけの会食にしたのだった。

もちろん航平と尚美、丸髷に結ってすっかり落ち着きの出た桃子、妻の勝子に劉生や辰彌など子供たち、さらには親交のある文二郎も来ていた。

吟香は年中大陸と行き来しているので、勝子などは慣れているのか普段通りに皆と接していた。

航平も少しだけ酒を飲んで料理をつまみ、少し前までは知らなかった面々の顔を見回した。

(良い人たちに出会えて、本当に良かった……)

彼は思い、あとは早く自立するだけだと自分に言い聞かせた。

「帰りはいつになるか分からんが、土産は何がいい。劉生は絵の具か、辰彌は何か楽器が良いかも知れんな」

吟香も上機嫌で言い、早くも明日からの旅に思いを馳せているようだ。

そして航平は、今夜帰ってから、また尚美と濃厚な一夜が迎えられると思うと痛いほど股間が突っ張ってきてしまった。

しかし、その膝にいきなり劉生が座り込んできたのだ。

「い、いててて……」

「お兄さん、絵を描いて」

劉生は航平の画帖を持って言い、彼も劉生の前で画帖を開くと、皆の顔を描きはじめたのだった……。

あとがき

本書は、明治三十三年（一九〇〇）、つまり十九世紀最後の年の物語、世紀末が舞台である。

私が明治時代を好きになったのは、中学生時代に富田常雄《とみたつねお》の『姿三四郎』を読んでからだった。当時、柔道少年だった私はマンガばかり読んでいたが、初めて活字に接したのが富田常雄だったのである。

そこで本書では、姿三四郎のモデルである西郷四郎《さいごうしろう》にもゲスト出演してもらった。

しかしメインは、単身上京してきた絵描き志望の青年による、成長物語である。

彼が銀座で出会う様々な人々、美人記者や新聞の主筆、敏腕刑事や美少女たちと、性体験とともに多くの出来事が展開していく。

特に、美人記者の大家である岸田吟香《きしだぎんこう》は、卵かけご飯を考案したのみならず、日本初の従軍記者として活躍し、多くの事業に乗り出した大物であり、本書で最も描きたかった人物である。

吟香の息子には画家の岸田劉生《りゅうせい》、オペラ歌手で宝塚歌劇団の演出家である岸田辰《たつ》彌《や》などがいて、本書でも幼い彼らが登場する。

さて、世紀末といえば新世紀も描きたい。今後とも主人公の成長を追っていきたいと思う。

最後に、本書の刊行にご尽力いただいた徳間書店の文庫編集部に、心より御礼申し上げます。

睦月影郎

本書は徳間文庫のために書下されたフィクションです。

徳間文庫

明治《めいじ》好色一代男《こうしょくいちだいおとこ》 世紀末《せいきまつ》の薫風《くんぷう》

2023年5月15日 初刷

著者 睦《む》月《つき》影《かげ》郎《ろう》

発行者 小宮英行

発行所 株式会社 徳間書店

東京都品川区上大崎三—一—一
目黒セントラルスクエア 〒141—8202

電話 編集〇三(五四〇三)四三四九
販売〇四九(二九三)五五二一

振替 〇〇一四〇—〇—四四三九二

印刷
製本 大日本印刷株式会社

ISBN978-4-19-894860-3

徳間文庫の好評既刊

沢里裕二

ホテル満開楼

やりたくなったら、やっちゃいなー

書下し

作家の霜《しも》月《つき》公《こう》輔《すけ》は、大学時代からの腐れ縁のやり手女将《おかみ》・今《いま》村《むら》亜《あ》希《き》子《こ》が経営する温泉旅館に誘われた。なんでも旅館経営に「官能作家の知恵」が必要なのだという。「この旅館を、ラブホに変えようと思うの」……。一癖も二癖もあるいわくありげな湯治客たちが南関東の温泉旅館「満開楼」で、しっぽりしっとりエロ事勝負。新感覚官能小説の旗手がおくる、温泉ハチャハチャ桃色小説。

徳間文庫の好評既刊

人妻交換

草凪 優

書下し

美砂子《みさこ》は悶々《もんもん》としていた。夫を愛している。だが女盛りの自分の求めに応じてくれないのは酷というものだ。かたや妻の期待に息が詰まる思いの宗一郎《そういちろう》は、偶然若い頃の美砂子のハメ撮り写真を見つけてしまう。自分の知らない妻の乱れように激しく嫉妬《しっと》し、猛烈に興奮する宗一郎。そして夫婦の正念場に二人が選んだ解決方法は……。禁断の背徳のなかで、愛憎の絆を確かめあう男女を描く官能ロマン。